聖王猊下は無能王女に殺されたい

一石月下

24524

角川ビーンズ文庫

CONTENTS

seiougeikawa munououjoni korosaretai

サイリュス
ガラテア帝国第一皇子。
強い魔力を持ち、
神に最も近い存在と
崇拝される
『聖王』の称号を持つ
エレクトラ
ミトス王国第一王女。
魔力を持たないため、
家族からも臣下からも
『無能』と蔑まれている

ユリウス

エレクトラの従兄。
ミトス王国の聖騎士団長も
務める筆頭貴公子で、
次期女王の婿候補

オニキス

エレクトラの守護騎士。
エレクトラに心から仕える
凛々しくたくましい
女性騎士

聖王猊下は無能王女に殺されたい

CHARACTERS

seiougeikawa munououjoni
KOROSARETAI

本文イラスト／鈴ノ助

誰《だれ》もが平和を望んだだけだった。
愛する人との暮らしを、大切にしたいだけだった。
それが誰かの幸せと引きかえだということを、知りもしないだけだった。

「オレを――殺して……」

万華鏡《まんげきょう》の花畑も、ぱちぱち弾《はじ》けるりんごパイも、全《すべ》てが遠くかき消されてしまった。
幻想《げんそう》は終わり、物語は幕を閉じたのだ。
愛剣《あいけん》をすらりと抜《ぬ》き、彼の胸に当てる。
エメラルドの瞳《ひとみ》がうっとりと輝《かがや》いた。憑《つ》き物の落ちたような、安堵《あんど》した柔《やわ》らかい笑《え》み。
これまでで一番幸せそうで、満ち足りた笑顔だった。
それを見ながら剣を後ろへ動かし、刃《やいば》を思いっきり突《つ》き刺《さ》した――

涙《なみだ》があふれてたまらない。
どうしてこうなってしまったのだろう。誰が彼をこうしたのだろう。
世界がこれを望んだのだとしたら、なんと無慈悲《むじひ》なことだろう。
硬《かた》く強張《こわば》る身体《からだ》を、ぎゅっと強く抱《だ》きしめた。

✦1 § prophetia: かの邂逅《かいこう》は、まさしく預言にある通り

朝食のテーブルを見て、エレクトラは眉《まゆ》をひそめた。

とれたてのオレンジ、羊乳のチーズ、イワシのオリーブ和《あ》えに、窯《かま》焼きのパン。質素ながらも質にこだわられたメニューはいつも通りで、特に問題はない。

気になるのは、端《はじ》っこに置かれた水の入った瓶《びん》だ。

——さて、どう開けたものかしら。

瓶を見ながらエレクトラは考えた。

瓶には金属製のフタがあり、フタの端には魔器《まき》と呼ばれる小さなピンが付いている。普《ふ》通《つう》、あそこに魔力を当てればピンが弾けてフタが開くらしい。

けれどエレクトラにはできない。なぜなら、ミトス王国第一王女エレクトラは『無能』として生まれ、魔力を使うことはできないからだ。

無能、用なし、欠陥品《けっかんひん》。

王女のくせに、てんで使いものにならない娘《むすめ》。

元老院議員の世間話から、貴族の娘たちのおしゃべりから、どれほど聞いたことだろう。

そのたびに思う。無能は事実だからいいとして、欠陥品は言いすぎだろうと。

けれど周りの認識《にんしき》はそうじゃないらしい。今も周りの侍女《じじょ》はにこにこと笑っているだけで、誰一人、手伝おうとはしないのだから。

「カトラリーはこちらに」

「ええ」

侍女に返事をした後、いつも通りにやることにした。

テーブルの引き出しから金属製のピックを取り出すと、フタの間にあるピンの下に差し込んだ。強く力をこめ、ぎぎぎ、とピンを動かす。

あとはフタと腕力《わんりょく》との根競《こんくら》べだが、すぐに勝敗がついた。金属製のフタはぐにゃりと折れ曲がり、開いたのだ。

今日も私の勝ちね。エレクトラは爽《さわ》やかに微笑《ほほえ》んだ。

『魔力がないお前には腕力も必要だ』――亡《な》き父の教えである。伊達《だて》に鍛《きた》えてはいない。父はその言葉と共に剣も与《あた》えてくれた。腕力と剣術、これらがエレクトラが生きる上での必須《ひっす》の手段だ。

まあ侍女たちは、不快そうに目を逸《そ》らしているが。

それもそのはず、この国においては魔力こそ絶対という共通認識があるからだ。

ミトスの人間は女神《めがみ》セラの末裔《まつえい》であり、中でも王族はその直系子孫。神に最も近いからこそ魔力も強いのが当たり前。圧倒《あっとう》的な才能により民《たみ》に畏怖《いふ》と敬意を抱《いだ》かせるのが王族たる者の義務。

それなのにエレクトラには魔力がない。民であっても持って生まれることが当たり前の魔力を王女が持っていないなんて、言語道断というわけだ。

だから毎日こうやって敬意のない扱《あつか》いを受ける。

魔力で封《ふう》じられた瓶が出てくるのも、はっきり言って嫌《いや》がらせだ。フタを開けた状態で出すという配慮《はいりょ》くらいできるはずなのだから。

まあそんなのは慣れっこのこと。気にするだけ時間の無駄《むだ》だ。エレクトラは涼《すず》しい顔で朝食を平らげ、背筋を伸《の》ばして立ち上がった。

「講義までは時間があります。本日も花園《はなぞの》へ向かいますので、伴《とも》を」

「かしこまりました」

親密なおしゃべりは一切《いっさい》なく、侍女たちは機械のように従った。

数分間歩いてたどり着いた『花園』。

まったくもって優雅《ゆうが》な響《ひび》きだが……しかし。

――じゃり、じゃり。

冷たく湿《しめ》った音とともに、エレクトラは自分の手が茶色に染まるのを見ていた。指と爪《つめ》との間には砂が入り込み、泥水《どろみず》がしみ込んでいく。

花園、と言っても優雅に散策するのではない。

逆だ。手入れをする方だ。

王族に生まれれば普通、多くの時間は魔力の扱い方に時間を費《つい》やす。

具体的には、大気に含《ふく》まれる魔素という粒子《りゅうし》を身にまとい、魔力として放つ方法を教わるそうだ(この一連の流れを『魔術』と呼ぶらしい)。

だが先述のとおりエレクトラは例外。魔力を扱えないわけだから、魔術の授業も存在しない。受ける講義はもっぱら歴史、芸術、その他の教養くらいになる。

となると予定はすかすかだ。そんな彼女に、母でありミトス女王であるクリュストラ王が与えた命令がこれだった。

『花園の管理。それが今日からお前の使命です』

十五の頃《ころ》、母が何の感情もない表情で言ったのを今でもしっかり覚えている。

十五というと、普通なら王族は社交界デビューをする年齢《ねんれい》だ。王族の姫君《ひめぎみ》として華々《はなばな》しく着飾《きかざ》って、将来のための人脈づくりや、ひいては将来の伴侶《はんりょ》となる相手を探すものとされている。

だが母王はエレクトラにそれを命じなかった。

恐《おそ》らくは、恥《は》ずべき存在であるエレクトラを人目に触《ふ》れさせないために。

作戦は功を奏したのだろう。エレクトラが社交の場に出ることはめったになく、ほとんどの時間を土いじりや独力で剣術を磨《みが》くのに費やすこととなったのだから。

彼女はただ、宮殿《きゅうでん》で生きるだけの人形となった。

とはいえ前向きで、何事にも屈《くっ》しない性格のエレクトラだ。時が経《た》つにつれ、この仕事にも誇《ほこ》りを持てるようになった。

手は土にまみれ、汚《よご》れ、けれど美しい花を咲《さ》かせる。魔術で無理やりこじ開けるのではなく、辛抱強《しんぼうづよ》く寄り添《そ》い続けるからこそ、つぼみがほころんだ瞬間《しゅんかん》がなによりも尊いと思える。魔力を持っていたら体験できなかった喜びだろう。

今日もシャベルで土をすくい、ビロードのようにやわらかい土に石灰《せっかい》を混ぜて、土づくりにいそしんだ。綺麗《きれい》な花を咲かせられますようにと願いながら。

ただ、誇りを持っている反面、苦痛な時間は訪《おとず》れる。

たとえば葉っぱの裏に隠《かく》れていた可愛《かわい》いテントウムシを見つけ、そっと人差し指で撫《な》でようとしたとき。

「まあ。では昨晩、ユリウスさまも劇場にいらしていたのね」

つんと高い声が聞こえて、エレクトラは手を止めた。

「そうと知っていれば、わたくしのお隣《となり》にご招待しましたのに」

「はは、すまない。聖騎士《きし》団の者に誘《さそ》われて、急遽《きゅうきょ》行くことになったのでね。これからは観覧席をすみずみまで確認し、殿下のお姿を探すとしよう」

「ふふ、次はきっと隣で観劇いたしましょうねっ」

優雅な会話をしながら歩いてきたのは一対《つい》の男女だった。

男女、といっても年齢は一回りくらい差がある。

少女のほうはアイリーン。エレクトラの三つ下の妹だ。

太陽の色をした、きらきらとゆるやかに波打つ髪《かみ》。それを引き立てるような落ち着いた緋色《ひいろ》のドレス。やわらかい面差《おもざ》しにはくるりとした丸い瞳《ひとみ》が輝《かがや》き、唇《くちびる》は生き生きとしたバラ色に色づいている。

見るからにかわいらしく、周りからどれだけの愛情を注がれて育ってきたか想像に難《かた》くない。

青年のほうはユリウス。エレクトラの従兄《いとこ》だ。

太陽のような金髪《きんぱつ》に、燗々《らんらん》と輝く聡明《そうめい》な瞳。古代の英雄《えいゆう》の彫像《ちょうぞう》のように整った面差し。太陽の光を受けて白虹《はっこう》のように輝く聖騎士の鎧《よろい》。雄《お》々《お》しく堂々とした、いかにも男らしい美しさ。

ユリウスよりも美しい男性をエレクトラは知らない。

だから……だろう。

仲睦《なかむつ》まじい二人の姿を見て、心がざわりと揺《ゆ》れるのは。

『無能』のエレクトラは、第一王女であっても女王になれない可能性が高い。

一方、妹のアイリーンは幼いころから魔術《まじゅつ》に長《た》け、いずれは現女王に劣《おと》らないほどの実力者になるだろうと言われている。

だから女王になるのはアイリーン。それが宮廷《きゅうてい》内でのもっぱらの噂《うわさ》だ。

そして女王の婿《むこ》になるのは、これまでの歴史を振《ふ》り返ると、貴族筆頭の貴公子であることがほとんどだ。

今のミトス国内での筆頭貴公子というと、聖騎士団長ユリウスその人だ。

つまり二人は、次期女王とその婿候補にあたるわけで――エレクトラの初恋《はつこい》は、最初から敗れることが決まっていたわけだ。

「まあ」

ふと、アイリーンの愛らしい顔がこちらを向いた。

「本日も土いじりですか、お姉さま。精が出ますわね」

やわらかい微笑み。だが皮肉めいた冷たい、刺《さ》すようなまなざし。

エレクトラはなんともいえない気持ちで、手についた泥《どろ》をはらった。

そのまま前髪を直そうとしたが、泥をはらいきれておらず、髪に汚れがついてしまったことに後から気がついた。

アイリーンはおもしろそうにくすくすと笑った。

人の失敗を見て笑うのはよくないことよ、とよき姉妹《しまい》ならアドバイスもできただろう。

だがあいにく、二人はそんな仲ではない。

説教めいた気持ちをこらえて、エレクトラは微笑《ほほえ》んだ。

「おはよう、アイリーン。ユリウス。本日はお散歩？」

だがエレクトラの愛想《あいそ》には何の意味もなく、アイリーンはもったいぶるように、わざとらしく首をかしげた。

「あら、お姉さま。もしかして聞かされていらっしゃらないの？」

「聞かされていない、というと？」

「今朝がた、女王陛下のお召《め》しがありましたのよ。謁見《えっけん》の間に集まるようにと」

眉《まゆ》をひそめ、エレクトラは侍女《じじょ》たちを振り返った。

答える者はいない。だがその沈黙《ちんもく》が答えだった。侍女たちは招集の命令を知っていたのに、あえてエレクトラに知らせなかったのだ。

――くだらない陰湿《いんしつ》ないじめね。内心でため息をついたが、顔には出さなかった。そんなことをすれば彼女たちの思うつぼだ。

「そうだったのね。何時から？」

「宣誓神《リア》の上刻ぴったりから、ですわ」

リアの上刻、というと十時か。まずい、あと三十分しかないではないか。

「さすがに、その格好では……ふふっ。急いでお支度《したく》をしたほうがよろしいのではなくて？」

余裕《よゆう》たっぷりに微笑むアイリーンは豪華《ごうか》に着飾っており、その姿は宮廷のどこを歩いてもおかしくない。

──一方、私は……。

無意識に見比べてしまい、少しだけため息をつく。

「教えてくれてありがとう、アイリーン。ユリウスも。また謁見の折に」

「あまり無理をしないようにな、エル。もし遅《おく》れても、女王陛下には私から説明をしておくから」

『エル』と愛称《あいしょう》で呼び、気づかうように言うユリウス。この従兄はいつも優《やさ》しい。アイリーンと自分に隔《へだ》てなく接してくれる。その優しさに今日も救われた。

まあ隣にいるアイリーンは面白《おもしろ》くなさそうな顔をしているが。

「感謝します。では、またのちに」

軽く挨拶《あいさつ》を済ませると、エレクトラは自室へ戻《もど》った。

──欲しいものは、いつだって手に入らない。

──だから、初めから望まない。

いつしか彼女の思考回路はそんな風になった。

望むから傷つく。望まなければきっと強く生きられる。今のやり取りも、気にしなければいいだけなのだ。エレクトラはそう自分に言い聞かせた。

急いで正装のドレスに着替《きが》え、髪の上半分をまとめて飾《かざ》りをつけた。

白鳥のように清らかで、くびれのくっきりした、シンプルで品のあるドレス。小さい真《しん》珠《じゅ》を星のようにいくつもあしらった、繊細《せんさい》な髪飾り。どちらもほっそりした身体《からだ》つきのエレクトラによく似合っている。

アクセサリーに関しては、選ぶ必要はなかった。

首元にはいつも、肌身《はだみ》離《はな》さず着けている父の形見のペンダントがあるからだ。どんな格好に着替えてもこの銀のペンダントだけは欠かさない。

――よし、間に合った。

エレクトラは一安心しながら自室を出た。

「姫様《ひめさま》。遅《おそ》くなりました」

すると扉《とびら》の外で一人の騎士が膝《ひざ》をついていた。

黒い鎧に身をつつんだ凛々《りり》しい騎士。瞳と髪も鎧と同じ黒曜石の色をしていて、つやつやと落ち着いたきらめきを放っている。がっしりとした体軀《たいく》はたくましく、一見して騎士としての度量が窺《うかが》えた。

エレクトラはふっと微笑んだ。

守護騎士《きし》オニキス。侍女たちと違《ちが》って軽薄《けいはく》な笑《え》みを浮《う》かべたりしない。黒曜石のように固い意志と誠実さに満ちている。結婚《けっこん》するならこんな人がいいのかもしれない、といつも思う。

まあ彼女が男であったら、の話だが。短く切られた黒髪も、精悍《せいかん》すぎる顔つきも、一目で女性とはわからないほど凜々しい。しかし彼女はれっきとした女性だ。

「おはよう、オニキス」

無意識にエレクトラの声は和《やわ》らいだ。

宮廷内に自分の味方は二人いる。さっき出会ったユリウスと、このオニキスだ。同じ女性ということもあり、オニキスのほうが距離《きょり》は近いといえるだろう。

「遅くはないけれど、どうかしたの？」

「こちらへ向かう折、聖騎士団の者に声をかけられまして」

「聖騎士団の？」

「はい、国境付近に動きがあるとのことです。女王陛下のお召しも、それに関《かか》わりのあることかと」

「そう……」

一瞬《いっしゅん》、頭の中に戦場の光景がよぎった。

「急ぎ向かわなければいけないわね。謁見の間へ」

「ええ。お供いたします」

長身のオニキスが影《かげ》のように寄り添《そ》ったのち、二人は部屋を出た。


王都オレスティアにそびえる白い宮殿《きゅうでん》。下半分は力強い円柱がどっしりと構え、上半分は細い円柱が幾重《いくえ》にも連なっている。

古代ミトスから何度も王朝を変えながらも、およそ二千年のときをまたいで存在し続ける宮殿。それはまさしくミトス王国の高潔さと繊細さを表していた。

「方々、お揃《そろ》いにございます。陛下」

元老院議員が玉座の女王へ言うと、女王は低く厳しい声で「うむ」と頷《うなず》いた。

齢《よわい》四十を超《こ》えたその姿は、エレクトラと同じようにほっそりとして、佇《たたず》まいや気品からは王族ならではの気高さが窺える。

見た目はエレクトラとは全く似ていなかった。

エレクトラは銀色の髪《かみ》に紅い瞳《ひとみ》だが、女王は金色の髪に青い瞳だ。

一方でアイリーンは母と全く同じ色合いをしている。それもまた、宮廷じゅうがアイリーンびいきになる理由の一つでもあった。

「急ぎの招集に応じ、ご苦労」

女王の物言いはいつもながら固い。

先の通り、ミトスの歴史は二千年ほどになる。誇《ほこ》りと伝統が重視されており、女王となると相応の風格と厳粛《げんしゅく》さが要求されるのだ。

ちなみにミトスの王は常に女性である。理由の一つは、女神《めがみ》セラを信仰《しんこう》する国であるということ。もう一つは建国したのがセラの子孫といわれる巫女《みこ》だったこと。ゆえに一系ではないが、ミトスの王は女性であると古来より固く決められている。

「さて、此度《こたび》の用向きですが」

女王は面《おもて》を引き締《し》めたまま、淡々《たんたん》と告げた。

「ガラテア軍が、カロンの入り江《え》まで迫《せま》っているとの報告がありました」

「なんと……」

声を漏《も》らしたのはユリウスだった。

ガラテア帝国《ていこく》はミトスの隣国《りんごく》であり、敵国だ。

建国からまだ百年も経《た》たない新興国であり、若い国とあって勢いも強い。領土を広げている真っ最中で、ミトスは常にその巻き添《ぞ》えを食っていた。

「軍勢の数は、いかほどでありましょう？」

ユリウスが尋《たず》ねる。

「入り江へ迫っている魔術師兵は三千とさほど多くない数です。しかし」

女王は呼吸を置き、さらに表情を引き締めた。

「率いるのは、聖王サイリュスであるとのことです」

みながはっと息を呑《の》んだのがわかった。

――聖王サイリュス。

ガラテア帝国の第一皇子であり、聖王という世界で唯一《ゆいいつ》の称号を持つ者。

厄介《やっかい》な相手だ、とエレクトラは思った。

世界には『聖王』と呼ばれる存在がいる。

万神殿《パンテオン》の司祭長で、この世の最高権力者。最も神に近く、最も強い魔力を持ち、最も崇《すう》拝《はい》される存在。そしてなによりこの世で唯一の能力を持つ存在。

その唯一の能力というのは、呪素《じゅそ》を魔素に変えることだ。

世界には魔素と呪素といわれる粒子《りゅうし》が存在する。魔素は有用な物質で、人々が魔術を使用する際に消費する。料理人がかまどに火をつけるときにも、兵士が敵を攻撃《こうげき》するときにも、この魔素が消費される。

一方、呪素は不要な物質で、魔術を使った後の残りカスとして残存する。放置すれば体内で毒となり、人を含《ふく》むあらゆる動物が異形化してしまう。

魔素と呪素――これらは酸素と二酸化炭素のように、相反しながら存在し続けているのだ。

そして呪素を魔素に還《かえ》すことができる、唯一の存在が聖王だ。自然のサイクルの中で不可欠なフィルターであり、唯一の蒸留装置となっているのだ。

その聖王が今、ガラテア帝国に君臨している。

今、というのは、聖王は主要六国による持ち回り制だからだ。

聖王は一国に置いたままではあまりに強すぎる影響《えいきょう》力となる。そこで聖王は高齢《こうれい》になると別の国の者に力を継承《けいしょう》することとされた。この制度を決めたのも主要六国議会だ。

今回の戦《いくさ》において、ガラテア軍の大将がその聖王。

これがどれほど厄介なことかは、ここにいる誰《だれ》もが理解していた。

「万全の備えで臨《のぞ》むべきでございますね。どうか私に出陣《しゅつじん》のご命令を、陛下」

ユリウスが引き締まった声で言った。聖騎士団長である彼は、魔術においてミトス屈指《くっし》の実力を持つ。聖王が出てきたとなれば彼が出るほかない。

「ええ、一刻を争います。急ぎ出立を」

「では早々にて恐縮《きょうしゅく》ながら、これにて」

深々と頭を下げた後、ユリウスはその場を離《はな》れていった。それから女王の冷たい瞳がこちらを向いた。視線がぶつかり、一瞬どきっとする。

「エレクトラ。貴女《あなた》にも命じます。ミトスの剣《けん》となり、国を護《まも》りなさい」

十五のときに花園《はなぞの》の管理を命じたのと同じ、淡々とした何の感情もない声で女王は言った。娘《むすめ》に対する心配も、激励《げきれい》する響《ひび》きも窺《うかが》えない。

エレクトラもまた、じっと母を見つめ返した。

戦場にいるのは世界最高峰《さいこうほう》の魔力を誇る聖王と、その下につく多くの魔術師兵。少しの魔力も操《あやつ》れない無能の自分が何もできないことは、わかりきっている。

それなのに母は自分を戦場に出す。今までも、何度もそうだった。

その理由に関して、エレクトラは推察していることがあった。

――母は、私を亡《な》き者にしたいのかもしれない。

置いておけば邪魔《じゃま》で、すぐにでも捨てたい『物』。

しかし王女であるから捨てづらい『物』。

これが戦となればどうか。祖国のためと大義を掲《かか》げれば出陣もさせられるし、死んでも周囲から疑問を抱《いだ》かれず、不評を買うこともない。だから捨てるために戦場に出す。突拍《とっぴょう》子《し》もない妄想《もうそう》だと言われれば、それまでなのだが……。

「隊列については軍議ののち、改めて言いつけます。しばし自室で待機しなさい」

「かしこまりました」

エレクトラは淡々と返した。

彼女自身は戦に出ることについて、あまり嫌《いや》だとは思っていなかった。

命の奪《うば》い合いが好きなわけではないが、なんというのだろう。

自分の行動ひとつで自分の生死が決まる場所というのは、宮殿で埋《う》もれているエレクトラにとっては、他《ほか》のどこより開放的で、生を実感できる場所だったのだ。

それに王女が出陣していると聞けば、敵も少なからず自分に狙《ねら》いを定めるはず。

行事にも外交にも参加できず、自室に引きこもっているよりは、自分の意思で戦場に立つほうが、よほどましな命の使い方だと彼女は思っていたのである。

§

出陣したのは翌日のことだった。

背丈《せたけ》に合わせた馬を選び、使い慣れた銀の鎧《よろい》を身につけて、エレクトラは王都オレステイアを発《た》った。

その後、二日間の行軍を経《へ》て、魔術師兵五百名を率いる王女将軍エレクトラは目的地へとたどり着いた。

通称《つうしょう》『冥府《めいふ》への道』、カロンの入り江へと。

ミトスは国土が小さくほとんど島国だといっていいが、一か所だけ他国と接している場所がある。それがカロンの入り江だ。通常時は海水に覆《おお》われているが、潮が引いたときだけ道が現れ、橋がかかるように隣国ガラテアとつながるのだ。

そして今、潮が引いていた。

真昼だが空には暗雲が立ちこめており、黒い空と海をキャンバスにして、無数の光線が空を走っている。光の粒子である魔素が、術を拡散させるための魔槍《まそう》を介《かい》して放たれているのだ。

すでに戦は始まっているらしい。

エレクトラは剣を抜《ぬ》き、宣誓《せんせい》のように目の前で掲げた。

亡き父が授《さず》けてくれた、愛剣『パンドラ』。自分の紅《あか》い瞳《ひとみ》をまっすぐに映す清らかな刃《やいば》を見ていると、心がしんと研《と》ぎ澄《す》まされる。

「……おい、あれ」

「鉄の時代の遺物？　くくっ、なんの役に立つもんかねぇ」

遠くで将軍たちが嘲笑《あざわら》ったが、エレクトラは聞き流した。

鉄の時代の遺物──そう、この戦場において剣を持つ者はエレクトラ一人だ。今は魔術を拡散しやすい槍《やり》を使うのが一般《いっぱん》的であり、刃を使って物理的に傷つけることなど誰もしていないからだ。

だがエレクトラには必要だ。この刃だけが自分を守ってくれるのだから。

「果物を切るときだってこちらの方が便利よ。槍でちくちく刺《さ》すよりもね」

軽く呟《つぶや》き、どうでもいい雑音は無視することにした。

それから命じられた場所へ向かった。隊列の一番端《はし》の、出っ張った陸地の先端《せんたん》だ。戦にほとんど関《かか》わらないこの場所では、武功を立てることすら叶《かな》わないだろう。

まあそんなのはいつものことだ。気にせず戦況《せんきょう》を見ることに集中した。

「先頭での争いが始まっているわね。きっとユリウスが戦っているのでしょう」

エレクトラは近くにいるオニキスに言った。

「はい。そのように見受けられます」

「けれど、肝心《かんじん》の聖王の姿がないわ」

エレクトラは聖王を見たことがない。けれど見た者から聞いたことがある。その存在感の強さや、圧倒《あっとう》的な魔術から一目でわかると。

一体どこにいるのだろうかと、改めて戦場を見渡《みわた》した。普通《ふつう》なら総大将のユリウスと戦うのが筋だが、そこまで激しい戦況にも見えない。

聖王サイリュスは神出鬼没《しんしゅつきぼつ》だと聞いたことがあるから、空から降ってきても地中から湧《わ》いてきてもおかしくないが……。

愛剣の柄《つか》を握《にぎ》り直し、エレクトラは身を引き締《し》めた。

そのときふと、オニキスが怪訝《けげん》そうな声を漏《も》らした。

「姫様《ひめさま》」

「どうしたの、オニキス？」

「この場所、まずいかもしれません」

彼女は地平から水平線へと目を走らせていた。どうしたのだろうと思い、エレクトラも同じようにした。先述のとおり、ここは潮が引いたときだけ道が現れる場所で、今、潮は引いている。が──

違和感《いわかん》に気づき、エレクトラははっとした。

「……この辺りだけ、位置が高い？」

エレクトラの部隊がいる場所は、丘《おか》のように地面が盛り上がっている。

潮が引いている間はいいが、ずっといたら孤島《ことう》のようになって、いずれは海に飲み込まれてしまうだろう。

『隊列については軍議ののち、改めて言いつけます』

母の冷たい声が頭の中に響いた。この配置は意図的？

──いや、そんな。いくら母だってそんなことをするはずは……。

「姫様、今のうちに下がりましょう！　このままでは孤立します！」

「え、ええ、全軍──」

後退！　と指示を出そうとしたときだった。

近くからどよめきが聞こえたかと思うと、グオオオオ！　と獣《けもの》の咆哮《ほうこう》が響いた。

それから突如《とつじょ》として、暗闇《くらやみ》に一筋の光が差した。

きらめく粒子《りゅうし》に包まれ、ぱちぱちと光の球が無数にはじけた。

あまりのまぶしさにエレクトラは目をつぶり、そして再び目を開いたとき、視界に入ったものの異様さに固まった。

そこにいたのは見たこともない化け物だった。

獰猛《どうもう》なライオンの頭部、ほっそりとしたヤギの胴体《どうたい》、てらてらと光る蛇《へび》の尻尾《しっぽ》。それら三つを兼《か》ね備《そな》えた、あまりにも不気味な生き物。怪物《かいぶつ》は二体いて、まるで馬車馬のように、首と胴体に装具をつけて、とんでもなく大きな車を引いていた。

屋根のない大きな車はまばゆく光る金色で、いたるところに莨菪《アカンサス》の装飾《そうしょく》がなされている。

豪奢《ごうしゃ》な造りの上部には、張りのあるつややかな絹でできた座面があり、そこに――

「――散れ」

一人の男の姿があった。

繊細《せんさい》な金細工のような、品のあるゴールデンブラウンの髪《かみ》。

新緑映《は》える湖面のような、輝《かがや》くエメラルドの瞳。

大理石に似たなめらかな肌《はだ》と、どんな彫像《ちょうぞう》よりも完璧《かんぺき》な造形の美貌《びぼう》の面《おもて》。

黒地に金の刺繡《ししゅう》があしらわれた司祭の礼服の上に、高貴なる者しか身に着けることを許されない、運命神イェレンの象徴《しょうちょう》である金のストラ。威厳《いげん》ある黒のローブ。

この光景を見て人々が思うことは一つだろう。

――なに、これは。

あまりに人間離《ばな》れしたその姿は、まるでこの世に降り立った神のようだ。

だが善の神ではない。厭世《えんせい》的な表情と妖《あや》しげな目つきは、彼の従える怪物と同じくらい邪悪《じゃあく》で不気味だった。

恐《おそ》らくこれが『聖王』サイリュス――なのだろう。

我《われ》にかえったのは、聖王がぱちりと指をはじいたときだった。

たちまち遠くで炎《ほのお》の柱が上がり、兵たちの悲鳴とともに煙《けむり》が舞《ま》った。かと思うと今度は冷たく硬《かた》い氷のつぶてが一斉《いっせい》に降り注ぎ、さらに大きな悲鳴が響《ひび》く。

聖王の攻撃《こうげき》は間断なく、そして苛烈《かれつ》だった。防御《ぼうぎょ》する間も立て直す間も与《あた》えられず、ミトス軍は少しずつ崩《くず》れ始めていく。

――聖王が現れた瞬間《しゅんかん》に、こんな簡単に崩れるなんて。

「姫様、こちらへも攻撃が来ます！　私の後ろへ！」

オニキスはエレクトラを庇《かば》うようにバリアを張った。彼女の言う通り、聖王は魔素の粒子を両手にまとわせ、次なる攻撃の準備をしていた。

どんな攻撃が来るというのだろう。わかっているのは唯一《ゆいいつ》、少しも油断してはならないということだけだ。エレクトラは警戒《けいかい》して事態を見守った。

やがて聖王は手を上げ、すう、と横に動かした。

その途端《とたん》、地平線に光線が走った。地面がぐらりと揺《ゆ》れたかと思うと、万物《ばんぶつ》を地面ごと薙《な》ぎ払《はら》うような、まばゆい一閃《いっせん》が走った。

光線は太陽のようにまぶしく、炎のように熱かった。足の先から頭の中まで焼かれるような、強い苦痛が身体《からだ》の中を駆《か》け抜けた。

気を失いそうなほどの光と熱。

地面が揺れているせいで、逃《に》げることさえ許されない。

正気を保たなければ負けてしまう。兵たちのうめき声を聞きながら、エレクトラは自我を保つことに集中しようとした。だがその間にも光線は強さを増している。このままでは、どこまで意識が持つかわからない。

――状況《じょうきょう》を好転させるには、どうしたらいい。

エレクトラが考えていたときだった。前にいたオニキスがわずかに動いた。彼女は苦痛に顔をゆがめながらなにか術を絞《しぼ》り出しているようだった。それが自分を包むバリアだとわかったのと、オニキスが倒《たお》れるのとはほぼ同時だった。

「姫様、どうかご無事で――」

力を使い果たし、オニキスはばたりと倒れた。

「待って、オニキス……!!」

猛烈《もうれつ》な光と熱の中、エレクトラは必死にオニキスの名を呼んだ。しかし彼女が命がけで作ってくれたバリアは非常に強力だった。聖王の光線を通すことも、エレクトラの声を漏らすこともなかった。

どうすることもできないまま、エレクトラは光線が止《や》むのを待つしかなかった。

永遠にも感じられる時が過ぎ、光線が大地を焼き尽《つ》くした後——地上に立っているのは、エレクトラ一人だけになっていた。

数千の軍勢のうち、たった一人。エレクトラは絶望しながら聖王を見上げた。

世界最強の聖王は、まさにその名の通りだった。

——あまりにも……力の差がありすぎる。

どんな術者の力も遠く及《およ》ばず、その足元に届くことすら敵《かな》わない。彼が出てきた時点で、こちらの負けは確定していたのかもしれない。

「エル！」

放心しそうになったそのとき、ふと声がかかった。

はっとして振《ふ》り返ると、ユリウスの姿があった。鎧《よろい》はぼろぼろに傷ついているものの、彼はしっかりと自分の両脚《りょうあし》で立っていた。

生き残っていたのは、自分だけではなかった。

驚《おどろ》きと安堵《あんど》で息が漏れた。エレクトラ個人だけでなく、軍にとっても彼の生存は重要だ。なにしろ彼はこの軍の総大将なのだから。

「無事か!?」

「ええ……!」

エレクトラは大きく頷《うなず》いた。だが安心しかけたのもつかの間だった。

「意識のある者を探し、撤退《てったい》を進めてくれ。私は――聖王を抑《おさ》えておく」

エレクトラは息を呑《の》んだ。聖騎士《きし》団長であるユリウスが、ミトス屈指《くっし》の術者であることはよく知っている。だが一人で聖王に立ち向かうというのは……。

なにか言葉をかけようかと迷ったが、もうユリウスは背を向け、槍《やり》の切っ先を聖王に向けていた。

聖王はというと、車に腰《こし》を下ろしたまま、やはり冷徹《れいてつ》にユリウスを見下ろしている。虫けらごときに何ができるのだ、とでも言うように。

圧倒《あっとう》的すぎる存在感。見ているだけでじわりと嫌《いや》な汗《あせ》がにじむ。

ユリウスがどれほど強力な術者であろうと、あくまで術者は術者だ。世界に一人しかいない聖王とは訳が違《ちが》う。

嫌な予感ばかりが膨《ふく》らんでいく。だが総大将の責任を担《にな》うユリウスを、止めることもできない。やがてユリウスとサイリュスは対峙《たいじ》した。

「一人で来るつもりかい?」

冷たく鋭《するど》い声で聖王は言う。無謀《むぼう》といわんばかりの冷笑《れいしょう》だが、ユリウスも動じなかった。

「総大将として当然のことだ」

ユリウスは集中して槍に魔素《まそ》を蓄《たくわ》えた。

光の粒子《りゅうし》に包まれて銀の槍はますます輝き、切っ先から一筋の光が放たれた。光はやがて雷光《らいこう》の形となり、素早《すばや》く聖王へと向かっていく。

ユリウスの雷光が聖王を貫《つらぬ》くか、それとも。

息をすることさえ忘れ、エレクトラはその光景を見た。

ユリウスの雷光は聖王の喉元《のどもと》めがけて迫《せま》った。だがなぜだろう、聖王は微動《びどう》だにしない。

飛んでくるユリウスの攻撃を静かに見つめている。

どういうつもりだ。寸前で止められる自信でもあるというのか。

聖王の意図を見極《みきわ》めようとした、そのとき。

「――え」

ありえないことが起きた。雷光が、ユリウスを脳天から貫いたのだ。

ほんの一瞬の出来事だったので、最初は見間違《みまちが》いかと思った。

だが見間違いではなかった。ユリウスが放ったはずの雷光は、聖王ではなく彼自身を真上から貫いていた。

見ている限り、聖王がなにかした様子もない。彼は無表情のままで、術を使うどころか動いた様子すらなかった。全く……訳がわからない。

「だから、止めようとしたのに」

聖王はどうでもよさそうに言った。

彫像《ちょうぞう》のように整ったなめらかな面《おもて》。本当に大理石でできているのではないかと疑ってしまうほど白く冷たい顔からは、何の感情も見受けられない。

なにもしていないはずなのに、なにかが起きた。

だが、一体なにが？

エレクトラの思考はそこで途切《とぎ》れた。

ばたりという音が聞こえたのだ。見ると雷光に打たれたユリウスが気を失って倒れこんでいた。役目を終えた雷光は呪素《じゅそ》の黒い粒子と化し、灰のように宙を舞う。

「ユリウス……!!」

目の前で繰《く》り広げられた絶望的な光景に、エレクトラは言葉を失った。

戦場に立っているのは自分と聖王。たった二人、それだけだ。共に出陣《しゅつじん》した者は誰《だれ》一人として立ってはいない。

みな力を失って倒れこんでしまった。守護騎士オニキスも、総大将ユリウスも。

頼《たよ》れる二人が……どちらも倒れた。

その事実を受け入れた瞬間、ふつふつと熱いものが腹の底からこみ上げてきた。

エレクトラは聖王を見上げた。怪物《かいぶつ》が引く車の玉座に悠々《ゆうゆう》と腰かけている聖王は、どうでもよさそうに、冷たい瞳《ひとみ》でこちらを見下ろしている。

その姿を睨《にら》みつけ、エレクトラは思った。

――許さない。絶対にただでは帰さない。

ミトス王家の血が、誇《ほこ》り高き王族の志《こころざし》がエレクトラの心を沸《わ》き立たせた。ルビーの瞳に正義の炎《ほのお》が灯《とも》り、めらめらと輝《かがや》いた。

その熱さに気づいたからなのだろうか、聖王が少しだけ興味を示したのは。

「へえ」

聖王のエメラルドの瞳が、好戦的な色をたたえて光った。エメラルドの瞳とルビーの瞳が真正面からぶつかったとき、エレクトラはすらりと剣《けん》を抜《ぬ》いた。

「剣か。珍《めずら》しいものを持ってるね、君」

言葉のわりに、聖王の声は心の底からどうでもよさそうだった。

その瞳は冥府《めいふ》へ続く穴のような昏《くら》さだった。あらゆる出来事に飽《あ》き、全《すべ》ての物事に絶望し、倦《う》んでいた。

「まあなんの役にも立たないと思うけど。剣も、君も」

どう攻撃《こうげき》すべきか、エレクトラは考えた。

だが相手は聖王。作戦など立てられるはずもない。

それでも勇ましく剣を構えた。聖王が指を振った。光の粒子が鋭い刃《やいば》の形になり、刃は素早くエレクトラの首を貫こうとした。避《よ》けられるか。いや。

どうする、と思った瞬間《しゅんかん》、奇跡《きせき》が起こった。

不意にパチンと首元でなにかがはじけたのだ。見ると首にかけていたペンダントの鎖《くさり》がちぎれ、彼方《かなた》へとはじけ飛んでいた。父がくれた形見のペンダントが。

「ん？　……ああ、身代わりの護符《ごふ》か」

護符？　疑問に思ったが口にする暇《ひま》はなく、聖王は光の粒子でなにかを形成した。気づくと目の前に大きな鎌《かま》が現れていた。

「それじゃあ、今度こそ終わり」

鎌はその凶悪《きょうあく》な刃で、エレクトラの首を刈《か》ろうとした。

あれに対抗《たいこう》するのはさすがに無理か、と思いながら一か八《ばち》か、剣を振りかぶった。

……自分にも魔力があれば、大切な人を守れたかもしれないのに。鎌が空を切る音を聞きながら、苦い思いを噛《か》みしめたとき。

――キィン‼

金属同士が強くぶつかり合ったかのような、高い音が響《ひび》いた。

同時に感じたのは、なにかをはじくような手ごたえ。

エレクトラは自分の手元を見た。一体なにが、と思っていると、目の前で大鎌にひびが入った。それから黒い粒子が舞《ま》い上がり、鎌は綺麗《きれい》さっぱり消滅《しょうめつ》した。

あまりに予想外の出来事に言葉を失った。

……今のは？

呆然《ぼうぜん》としているうち、はっと気がついた。驚《おどろ》いているのがエレクトラだけではないことに。

世界最強の聖王。彼もまた驚きの表情を浮《う》かべていた。こんなことは少しも予期していなかったかのように、ぽかんと口を開けて。

——彼にとっても予想外？　……なぜ？

疑問が頭をかすめたが、エレクトラの判断は早かった。

今ならば、あるいは。

エレクトラは全速力で駆《か》けだした。

そのままライオン頭の怪物の前で飛び上がった。ヤギの体に乗り上げ、長い胴体《どうたい》を渡《わた》った後、いくつかステップを繰り返して、車の最上段へと駆け上がった。

バネのあるしなやかな身体《からだ》で、エレクトラはすぐさま座面の上の人物のところまで迫った。聖王サイリュスのエメラルドの瞳と目が合った瞬間、剣を振《ふ》りかぶり、素早く斬《き》り下ろした。

刃が白い喉元を捉《とら》え、赤い飛沫《しぶき》が飛ぶ。

「っ、痛……！」

――よし。

なぜかはわからないが、傷をつけることに成功した。

少しの達成感を覚えていると、まんまるの瞳と目が合った。

「……え？　痛い？」

自問する響きと、エレクトラに問うような響き。

「痛いだって？　そんな馬鹿《ばか》な」

聖王サイリュスは呆然とエレクトラを見つめ続けた。

奇妙《きみょう》な反応にエレクトラは戸惑《とまど》った。

やがてその瞳に笑いのニュアンスが入り込んだとき、嫌《いや》な気配を覚えて引き下がろうとした。だが聖王はすでにエレクトラの腕《うで》を摑《つか》んでいた。

ぐいと引っ張られ、不気味なエメラルドの瞳に搦《から》めとられる。

「もしかして、だけどさ」

聖王サイリュスはエレクトラだけを見つめた。ここが戦場であることなど一切《いっさい》忘れて、夢見心地《ごこち》のようにうっとりと瞳を輝かせて。

「君は、オレを殺せるの？」

「は……？」

問い返そうとした。だがその瞬間、猛烈《もうれつ》な眠気《ねむけ》が襲《おそ》ってきた。それ以上考える時間はなく、視界は白く染まっていった。

§

むせるような花の匂《にお》いで、エレクトラは目を覚ました。

うつらうつらした後、はっと気づいて飛び起きる。

――どこ、ここは。

見ると知らない部屋の寝台《しんだい》に寝《ね》かされていた。

室内は広く、一面バラ色の大理石に囲まれている。床《ゆか》には複雑な模様のじゅうたんが敷《し》かれており、部屋じゅうにいっぱいの花瓶《かびん》があって、全てに色とりどりの花が挿《さ》されていた。

そばにはぐるぐる渦巻《うずま》いた脚《あし》のついたテーブルと、同じようなデザインの椅子《いす》、人ひとりが寝そべられるくらいの絹張りのカウチがある。

あとは飾《かざ》り用の燭台《しょくだい》、いくつものランタン、果物が描《か》かれた絵、何に使うのかわからない金の天秤《てんびん》、エレクトラの身長と同じくらいはありそうな大きな砂時計、たくさんの盃《さかずき》が収納された棚《たな》、ツタ飾りに覆《おお》われた楕円《だえん》形の鏡、それから、それから――

数えればきりがないほど、多くの物にまみれている。

自分の部屋のわけがない。というかミトス宮殿《きゅうでん》のどの部屋でもない。

――なら一体？

エレクトラは記憶《きおく》をたどり、はっとした。そうだ、確か戦《いくさ》の最中に聖王サイリュスに傷をつけ、驚いた聖王がなぜか彼女に興味を示したのだ。

それで、今に至る、ということか。だとしたら……。

エレクトラが考えていたときだった。ひた、ひた、と足音が聞こえてきたのは。

「おはよう、姫君《ひめぎみ》」

春風のような柔《やわ》らかい声。無数の羽ばたき音。

はっとして振り返ると、数えきれないほどの白い蝶《ちょう》が羽ばたいており、蝶たちの中から生まれるようにして人影《ひとかげ》が現れた。

軽く流したゴールデンブラウンの髪《かみ》に、なめらかな白い肌《はだ》、蠱惑《こわく》的なエメラルドの瞳。ぴっちりと首まで覆われた、黒地に金の刺繍《ししゅう》が施《ほどこ》されたチュニックに、魔術師らしい黒いローブ。正装ではないが絢爛《けんらん》かつ瀟洒《しょうしゃ》な装《よそお》い。

この男には見覚えがある。――『聖王』サイリュス。

「調子はどうかな。見たところ、血色はよさそうだけれど」

聖王はにこりと笑った。

「寝心地は悪くなかった？　枕《まくら》が高すぎたり、寝台が硬《かた》すぎたりはしなかったかな。もしそういったことがあったらすぐに言ってほしいな。君には、居心地の悪い思いをしてほしくはないから」

ゴールデンブラウンの髪がさらりと揺《ゆ》れ、エメラルドの瞳《ひとみ》がきらきらと輝《かがや》いた。その面《おもて》は誰《だれ》もが見とれるほどに美しく、伸《の》びやかなテノールの声は爽《さわ》やかだった。

エレクトラはすぐに身構えた。

これが日常の光景なら、何の問題もなかっただろう。むしろ社交界の姫君たちはこぞって黄色い声を上げ、彼の周りに群がったはずだ。

だが実際には彼は敵国の皇子で、祖国を蹂躙《じゅうりん》した聖王だ。優《やさ》しげな声をかけられたところで、不気味に思いこそすれ、安堵《あんど》などできるはずもない。

どう対応したものだろう。そもそも、ここがどこかもわかっていないというのに。

『観察こそが最善の道だ。周囲をよくよく観察すれば、必ず好機は見えてくる』

迷うエレクトラの頭の中に、かつての父の声が響いた。――そうだ、まずは状況《じょうきょう》を把握《はあく》しなければ。エレクトラは気を引き締《し》め、寝台から立ち上がった。

「ここはどこです、聖王」

手元にない剣《けん》の代わりに、瞳に鋭《するど》い光を宿した。

すると聖王はふわりと微笑《ほほえ》んだ。声を聞けたのが嬉《うれ》しい、とでもいうように。

――本当になんなんだ、この反応は。

敵であるはずのこの男の視線は、全くもって敵に向ける類《たぐい》のものではなかった。

なぜか異様に優しげで、たとえるなら、お気に入りの人形に向けるように甘ったるかった。

不気味な男から距離《きょり》を取るように、エレクトラは一歩後ずさった。

その瞬間《しゅんかん》、かかとが何かに当たる感覚があった。

「……っ！」

まずい、寝台のそばに机があったらしい。気づかなかった。姿勢をくずしてしまう、と焦《あせ》ったエレクトラは慌《あわ》てて何かにつかまろうとした。

だがそうする前に、腕が摑《つか》まれた。そのましっかりと背中を支えられ、聖王と間近で目が合う。聖職者が身に着ける没薬《ミルラ》の匂いが、ふわりと舞った。

「おっと。大丈夫《だいじょうぶ》？」

気づけば腕に抱《だ》かれるような格好になっていた。エレクトラは反射的に払《はら》いのけ、すぐに聖王から距離を取った。

「ああ、ごめん。びっくりさせてしまったかな。起きたばかりなのに、立ち話をさせたのもよくなかった。さあ、こちらへ来て、椅子へお座り」

エレクトラは動かなかった。言われるがままになっては、敵のペースだ。

「もう一度問います。ここはどこ」

「ここはガラテアの帝都《ていと》アドロス、その城の一画、私が治める金樺宮《きんかきゅう》の中だよ」

今度は普通《ふつう》の返答だった。座るのを拒《こば》んだことも気にしない様子で、彼は棚から盃を二つ取り出した。水差しから黄色く澄《す》んだ液体を注ぎ、ひとつを自分の手に、もう一つをテーブルの上に置いた。

「よければりんご水をどうぞ。ガラテアはりんごの名産地でね。今朝採れたばかりのものを搾《しぼ》って、水と砂糖とスパイスを混ぜてある」

エレクトラはやはり距離を取ったまま、黙《だま》ってそれを見た。

――ここはガラテアの帝都アドロス、その城の一画。

なるほど。ある程度、理解ができた。

とりあえず今、自分は生きている。つまり生け捕《ど》りにされたということだ。

そして今、ガラテアの宮殿にいる。捕虜《ほりょ》になったということだ。

敵地のど真ん中で、捕虜。……ああ、最悪の事態だ。

「なぜこんな場所に私を？　あなたがここへ連れてきたというの？」

嘆《なげ》いていても始まらないので、エレクトラは問いを続けることにした。

幸い、身体《からだ》が健康なら心もしぶといのがエレクトラという人間だ。伊達《だて》に祖国でいびられてはいない。

「そうだよ。君が気を失った後、すぐにここへ招待した」

「あの後、私以外の者は……軍や総大将ユリウスは、どうなったの」

少し声が震《ふる》えた。聞きたい気持ちと、聞きたくない気持ちが半々だった。エレクトラが最後に見たとき、戦場は壊滅《かいめつ》的だったのだから。

あの状態で生きている者などいたのだろうか。祖国へ帰還《きかん》できた者はいたのだろうか。ユリウスは……どうだろうか。

どんな答えを聞いても動揺《どうよう》しないようにと、エレクトラは少し構えた。

だが、聖王の答えは意外なものだった。

「軍の要《かなめ》となっていそうな将軍は、何人か捕虜にさせてもらった。けれど総大将の彼はさすがに手ごわかったね。君も見たと思うが、一度は気を失わせたんだけれど。あの後すぐに立ち直り、素早《すばや》く兵とともに撤退《てったい》してしまった」

「そう、なの……」

安堵でいっぱいになり、そう答えるのがやっとだった。

――ユリウスは生きている。それがわかっただけで、希望が湧《わ》いてきた。彼が生きているなら、軍もきっと大丈夫だ。

「もしかして、君にとって大事な人なのかい、彼は？」

ふと聖王が言った。どうやら気持ちが顔に出ていたようだ。

けれど会ったばかりの人間に、ましてや敵に言う必要などどこにもない。エレクトラは適当にやり過ごすことにした。

「答える義務はないわね」

「ふむ。想像に任せる、ということかな。それはいい。では君と彼には何もない、ということにさせてもらうよ。エレクトラ姫」

そう言った後、聖王は考える仕草をした。

「しかし少し長いな、エレクトラ姫は。──そうだ、エルにしよう。呼びやすくて可愛《かわい》いよね」

彼は盃をテーブルに置き、握手《あくしゅ》を求めるようにこちらに手を伸ばした。

「これからよろしくね、エル。できればオレのことも、聖王じゃなくてサイリュスと呼んでほしいな」

差し出されたその手を、エレクトラは黙って見つめた。

『エル』──その名で呼ぶのは亡《な》き父とユリウスだけだ。敵であるこの男に呼ばれると、大切な愛情が汚《けが》されるようで気に入らない。

そもそもだ。彼はなぜ敵である自分に、こんなに親しげに接してくる？

「おや、気に入らなかったかな」

「残念ながら、敵を気に入ることなどないわね。それよりも、聞きたいことがあるわ。なぜ私をここへ連れてこようなどと考えたの。あなたの目的は一体なに」

ルビーの瞳に信念の炎《ほのお》を燃やし、エレクトラは言った。めらめらと輝く紅《あか》い瞳。さすがに圧を感じたのか、聖王サイリュスは諦《あきら》めた様子で椅子《いす》へと腰《こし》かけた。

「なぜ君をここに連れてきたのか、だね。その理由は……これさ」

サイリュスはなぜかチュニックの喉元《のどもと》に手を当てて緩《ゆる》めるような仕草をした。何をする気だろうか。エレクトラが警戒《けいかい》しながら見守っていると、サイリュスはチュニックの首元をめくった。

そこには剣でつけられた傷跡《きずあと》があった。エレクトラの剣が当たった場所だ。

「君を連れてきた理由。それは、君がオレを殺せるから」

そういえば、戦場でもそんなことを言われた気がする。だがそれが本当ならますますわからない。自分を殺そうとする人間を連れ帰るなんて。

「この傷、本当なら魔術《まじゅつ》ですぐにでも治せるんだけど。あえてこのままにしてあるんだ。君がくれた初めての傷だから」

聖王は柔《やわ》らかに微笑んだ。本当に、心から嬉しい、とでもいうように。

「わからないわね。なぜ殺そうとする人間を連れ帰るの。普通は逆でしょう。その場で屠《ほふ》り、脅威《きょうい》を取り除くはずよ」

「ほう？」

「あなたの言動はめちゃくちゃだわ。殺せるから連れてきた、などというのは意味不明よ」

真実を探《さぐ》るように、エレクトラは鋭《するど》く見つめた。睨《にら》んだ、と言ってもいいかもしれない。

すると聖王の表情はさらに明るくなった。

「ふふ」

なにがおかしいのだろう。エレクトラは顔をしかめた。

それに反し、聖王の顔は、ぱあっと太陽のように晴れ渡《わた》った。

「それだよ、エル。その目が理由さ。オレは君に殺してほしい。だからここへ連れてきたのさ！」

エメラルドの瞳《ひとみ》ははずみ、夢見る少年のように、きらきらと輝《かがや》く。

「君は敵であるオレを、きっと殺したいと思ってくれている。それはオレにとってとても喜ばしく、幸せなことなんだ！」

「………」

エレクトラは思いきり眉根《まゆね》を寄せた。

明らかに、状況《じょうきょう》に合っていない笑《え》み。からかわれているのか、蔑《さげす》まれているのか、それとも本気で楽しいというのか。いずれにせよ愉快《ゆかい》な気持ちにはなれない。

「死にたいのなら、一人で勝手にすればいい。なのに、なぜ私に殺されなければならないで最も崇拝《すうはい》される、生ける神にして最高権力者、のはずではないのか。

聖王サイリュス。万神を祀《まつ》る万神殿の司祭長。神秘のヴェールに包まれた存在。この世

少なくとも、戦場ではその通りだった。ミトス軍を圧倒《あっとう》的なまでの力で蹂躙《じゅうりん》した。戦場にいた者はみな愕然《がくぜん》とし、その前に倒《たお》れた。

それがまさか、こんな酔狂《すいきょう》な人間だったなんて。

エレクトラは落胆《らくたん》のような、軽蔑《けいべつ》のような気持ちを抱《いだ》きかけた。

が──

「……君じゃなきゃダメなんだ」

不意にその声が切羽詰《せっぱつ》まったトーンになった。

助けを乞《こ》うような切ない瞳。あまりにも急な変化だった。

「君は、世界に差した一筋の光なんだ」

ルビーの瞳と、エメラルドの瞳が正面からぶつかった。

彼の瞳はまるで空洞《くうどう》のようだった。果てしなく、どこまでも続く闇《やみ》。なにもかもがどうでもよく、あらゆるものに絶望しているかのような闇がそこにあった。

戦場でも見たあの瞳だ。探るようにそれを見つめ返した。だがなぜだろう、嘘偽《うそいつわ》りの色

を見出《みいだ》すことはできなかった。

──もしかして……本気で殺してほしいというの？

何も読み取ることのできない暗闇を、エレクトラはただ見つめ返した。

とはいえ一つわかっていることはある。目の前で敵が殺してほしいと願っていて、エレクトラとしても祖国にとっての最大の敵は消しておきたい。

殺したいエレクトラと、殺されたい聖王。お互《たが》いの利害は一致《いっち》している。

それならばとエレクトラは覚悟《かくご》を決めた。

「私の剣《けん》はどこ。剣さえあれば、お望みどおり一突《ひとつ》きにしてあげるわ」

「剣は寝台《しんだい》の横に立てかけてある」

サイリュスはエレクトラの足元を指さした。確かに寝台の横に愛剣が立てかけられている。エレクトラはそれを拾い、しっかりと握《にぎ》った。

「では、お覚悟──」

椅子に座るサイリュスめがけて剣を構える。

だが剣を振《ふ》りかぶり、その首に刺《さ》そうとした瞬間《しゅんかん》。

「──今は、ここまで」

突然《とつぜん》、ぶわりと大きな風が吹《ふ》いた。握っていた剣は吹き飛ばされ、エレクトラの身体《からだ》もまた、強風にあおられる花のように揺《ゆ》れた。

なにが起きたのか把握《はあく》する前に、腕《うで》を引かれ、身体を支えられた。

風がやんだとき、澄《す》んだ声が言った。

エメラルドの瞳と目が合う。身体を支えていたのはサイリュスの両腕だった。気づけば二人、さながらダンスを踊《おど》るペアのような体勢になっている。

「殺してほしいのではなかったの……！」

風など吹かせなければ、あのまま一突きで屠れたはずだ。なのに彼はそれを遮《さえぎ》った。死ぬのが怖《こわ》くなったというのか。

しかしサイリュスの答えは予想外だった。

彼がひらりと手を裏返すと、風の中から木の葉が現れ、ひらひらと舞《ま》った。

「……愛し合いたいから」

緑、赤、黄。色とりどりの葉たちが幻想《げんそう》的に空間を彩《いろど》っていく。

「この風と木の葉のように、そこにあるのが互いに自然になるくらい、オレたちの仲が馴《な》染《じ》むようになるまで待ちたいんだ」

「は……？」

「存分に愛して、それから——殺してほしい」

エメラルドの瞳は、夢見るようにとろけた。

両手で頬《ほお》を挟《はさ》まれ、頬をつう、と撫《な》でられた。愛《いと》おしいものに触《ふ》れるかのように、ゆっくり、丁寧《ていねい》に。

困惑《こんわく》のあまり、振り払《はら》うのが少し遅《おく》れてしまった。

わからない。彼の言い分はあまりに異常だ。今まで出会ったどんな人間とも違《ちが》う。奇異《きい》で、官能的で、蠱惑《こわく》的で、幻想のようにぐるぐると姿を変える。

どれが本当の姿で、どれがまやかしなのかわからない。こうして混乱させることさえも、この男の思惑《おもわく》なのかもしれない。

ただ、事情は少し呑《の》み込めてきた。

なぜかは知らないが、エレクトラは彼を傷つけることができた。だから彼は『エレクトラなら自分を殺せる』と考え、宮廷《きゅうてい》へ連れ帰った。

まあ、なぜ殺されたいのかは謎《なぞ》だが……。

いや、そもそもの話、わからないことが多すぎる。

――なぜ私は、彼を傷つけられたのだろう？

聖王は世界最強の魔術師だ。『無能』である自分の攻撃《こうげき》など通じるはずがない。その圧倒的すぎる力は実際に戦場でも見た。

考え、やがて二つの可能性に行き着いた。

一つ。あえて傷を受けたということ。こんなにおかしなことばかりを言う男なら、酔狂な真似《まね》をすることもありうる。

そしてもう一つは、剣を回避《かいひ》するすべがなかったということ。聖王とて人間だ。不意打ちに対応できなかったということも、まあなくはないかもしれない。

いや、だが……。

どちらもしっくり来ない気がした。

わざと傷を受けたのなら、なぜエレクトラでなければならなかったのか。ほかの誰《だれ》かでもよかったはずだし、自ら命を絶つという方法だってある。

なのに、それらの方法を取らない理由はなんだ。そうできない理由があるのか。

――やはり私だけが傷をつけられるから？　だがなぜ『無能』の私が？　……ああ、最初の疑問に戻《もど》ってしまった。

エレクトラはためらいののち、正直に問いかけることにした。

「あなたを殺すのが、私でなければならない理由はなに？」

「それはもちろん、君がこんなにも気高く美しいから」

心から嬉《うれ》しそうに彼は言った。うっとりとした声は愛をささやくかのようだ。そう、まるで恋人《こいびと》に言うように――

そう思ったとき、エレクトラは気がついた。

……そうか。そういう可能性もあるのか。

戦《いくさ》で捕虜《ほりょ》になった者にはそれなりの用途《ようと》があるという。男なら重労働の人手として、身分の高い場合は人質《ひとじち》として。そして女であれば、愛玩品《あいがん》として。

エレクトラは改めて豪華《ごうか》な調度にあふれた部屋を見回した。この状況《じょうきょう》がそれだとするなら、「愛し合いたいから」という戯言《ざれごと》にも納得《なっとく》がいく。

『無能』とは言われても、エレクトラに女性としての価値がないわけではない。むしろ女系の血で繋《つな》がれたミトス王族は、総じて美しい見目をしている。国内の男たちが女王の伴《はん》侶《りょ》になるため必死に争い、勝ち残った美男が婿《むこ》となるからだ。

例に漏《も》れず、エレクトラも美しい父と母から生まれた。

つまり外見だけで言えば、エレクトラはどんな姫君《ひめぎみ》よりも美しかった。彼女自身もまた、非常に客観的に冷静にだが、そのことは理解していた。

「話が進まないから、私から進めましょう」

エレクトラは推測を話し始めた。

「なぜかは知らないけれど、あなたは私と恋人ごっこをしようとしている。それも『殺し合い』という愚《おろ》かな題材で。だから愛してほしいなどと言うし、殺してほしいなどと言う」

サイリュスは興味深そうに頷《うなず》いた。

「なるほど。君はそう思うんだね」

「それ以外に解釈《かいしゃく》のしようがないもの」

「ふむ。ならば、それでもいいよ。さっそくやってみようか、恋人ごっこ」

サイリュスが指をぱちりとはじくと、テーブルの上に鏡とブラシが現れた。

「まずはこの美しい髪《かみ》をくしけずってあげよう。それからリボンを巻いて、ティアラをかぶせて、真珠《しんじゅ》のネックレスもつけてみようか。ドレスは何色がいいかな。好きな色を聞かせてくれない？」

彼はやたらと甘ったるい声で言い、髪に触れようとしてきた。

エレクトラはすぐに身をひるがえし、その手をぱしりと払った。

「やめて」

「ふふ、わかったよ、エル。じっくり待とう。君が心を開いてくれるまでね」

「あなたとの絆《きずな》を深める気など毛頭ないわ」

「そうかな。君は籠《かご》の鳥、水槽《すいそう》の魚だよ。逃《に》げられないし、オレを頼《たよ》るほかはない。いずれ絆は深まるさ」

「絶対にない」

「あると断言しておくよ。さて、オレを殺してくれる君には、最大の愛を注がなければね。そのしるしにまずは贈《おく》り物をしようか」

サイリュスはぱちりと指を鳴らした。直後、正面にある大きな扉《とびら》が開いた。

この男の言うことだ、贈り物などろくでもないものに決まっている。

　というエレクトラの予想は、最悪な方向で当たった。どさりと大きな音がして、扉の向こうから大きななにかが転がってきたのだ。それが人であり、エレクトラのよく知る人物であるとわかったとき、エレクトラは驚愕《きょうがく》の声を上げた。

「オニキス!?」

　なんと守護騎士《きし》オニキスがぐったりとした様子で倒《たお》れこんでいた。外傷はないようだが、表情には覇気《はき》がない。慌《あわ》てて彼女のもとへ駆《か》け寄った。

「なぜ彼女を……!?」

「意識を取り戻した後、かなりしつこく追いかけてきてね。面倒《めんどう》だから連れてくることにしたんだよ。調べたところ男じゃないみたいだし」

「何をしたの！」

「大したことはしていないよ。少し眠《ねむ》らせて、静かになってもらっただけ」

　サイリュスはもう一度指をはじいた。オニキスは「ごほっ」と少しむせた。

「けがはない？　大丈夫《だいじょうぶ》？」

「はい……気を失っていただけのようです。姫様こそご無事でしたか、なにも問題はございませんか？」

　オニキスはのろのろと起き上がり、エレクトラの足元に膝《ひざ》をついた。

「ええ。私は問題ないわ。安心して」

「よかった……万一にも傷などあった場合、命に代えてもこの男を屠《ほふ》らねばならぬところでした」

ありありと殺意を込めてオニキスはサイリュスに言った。

「はは、君では無理だよ。ともかくその騎士は返しておこう。隣《となり》にもう一部屋あるから、好きに使って。この金樺宮は今日から君のものでもある。自由に歩いてくれて構わない。宮殿《きゅうでん》内の者には言ってあるから。ミトス王女エレクトラはオレの客人だと」

「囚人《しゅうじん》の間違《まちが》いでしょう?」

「オレのもてなしは一味違うんだ。ああでも、この金樺宮より外には出ないように。本殿へも渡《わた》らないようにね。あくまでオレの目の届く範囲《はんい》で頼《たの》むよ」

「あなたの指図など知らない。必ず方法を探して祖国へと帰るわ」

「う一ん。君にとって、それがいいとは思えないけどね」

その声色《こわいろ》にはどこか意味ありげな色があった。なんなのだ、と思っていたところで、サイリュスはくるりと踵《きびす》を返した。

「またすぐに会いに来る。オレには姫だけ。エル、君だけだよ。殺してほしいのも殺せるのも。それだけは覚えておいてね。では」

サイリュスが立ち去る姿を、エレクトラは睨《にら》みつけた。

「オニキス、なにかひどいことはされなかった？　尋問《じんもん》や拷問《ごうもん》のような」

「覚えている限りではございません。というか、先ほど目覚めたばかりでして」

「そうなの。では私と同じね」

確かにつややかな肌《はだ》も、黒い鎧《よろい》も、端整《たんせい》な顔も、何ひとつ変わっていない。安堵《あんど》して、エレクトラは椅子《いす》にどっと腰《こし》かけた。

よかった……無事でいてくれて。

「聖王によると、ユリウスは無事に撤退《てったい》できたそうよ。私たちもミトスへ帰らなければ。敵に捕《つか》まっているという状況は、祖国にとって不利にしかならないもの」

「はい。私はどこまでも付き従い、御身《おんみ》をお守りいたします」

オニキスは膝をついて頭を下げると、隣の部屋へ下がった。

一人になった広い部屋の中で、エレクトラは大きなため息をついた。

§

その晩、夢を見た。

「大丈夫だ、エル。ゆっくりと立ち上がるんだ」

温かく大きな手が、ゆっくりとエレクトラの手を引いてくれる。

顔を上げると、大好きなお父様が微笑《ほほえ》んでくれた。

「さあ、もう一度打ちこんできなさい。この父を倒してごらん」

軽装に木製の剣《けん》を持った父が、目の前に立っている。太陽と同じ色のやわらかい金髪《きんぱつ》。海と同じ色の青い瞳《ひとみ》。大きくてしっかりとした身体《からだ》。

エレクトラは大きく頷《うなず》き、木製の剣を振《ふ》るった。父はそれを受け止め、「もう一度！」と言った。同じことをしばらく繰《く》り返した後、父は「よく頑張《がんば》ったな」と陽《ひ》だまりのような笑顔《えがお》で、頭を撫《な》でてくれた。


場面が巡《めぐ》った。

父と一緒《いっしょ》に宮殿内を歩いていたとき、母とすれ違《ちが》った。政務で忙《いそが》しい母と話す機会は少なかったから、エレクトラは緊張《きんちょう》して父の陰《かげ》に隠《かく》れてしまった。

「女王陛下、今日も忙しそうだな」

父が朗《ほが》らかに母に話しかけると、母も少しだけ微笑んだ。

「ええ。そちらは？　エレクトラの教育はうまくいっておりますか」

「ああ。このとおり、よい子に育っているよ」

父に背中を押されておずおずと前に出る。ぺこりと会釈《えしゃく》すると、母も軽く笑った。

「ふふ、殿下《でんか》にお任せしていれば問題はなさそうですね」

「もちろんだ。エルのことは任せてくれ」

家族の温かい空気が流れた後、また場面が巡った。

真っ白な謁見《えっけん》の間で、十歳のエレクトラは厳しい顔の母と向き合っていた。

いつも傍《かたわ》らにいてくれた大きな姿は、もうそこにはない。

「……あの方は、とんだ裏切りをしてくれたものです」

母の顔は蒼白《そうはく》で、実の娘《むすめ》を見ているとは思えない。

「まさかわが娘が、第一王女ともあろう者が、『無能』などと……！　これまでよくも隠し通せたものです……！」

青い瞳がエレクトラを冷たく縛《しば》りつける。

「――エレクトラ。お前に命令を言い渡します。許可がある時以外、決して自室から出ないこと。これを破れば即刻《そっこく》命はないものと思いなさい」

その命令は今に至るまで徹底《てってい》的に守られた。

あの日から、エレクトラは自由のない人形となった。

はっとしてエレクトラは飛び起きた。ひどく嫌《いや》な夢だった。

そう、父が亡《な》くなったあの日から全《すべ》てが壊《こわ》れたのだ。エレクトラが『無能』であることが知られ、宮殿の一画に閉じ込められるようになった。ちょうど今のように。

父が生きていたら、きっとこんな未来にはなっていなかっただろう。

家族の絆《きずな》が壊れることも、母と妹に冷たい視線を向けられることも、こんな見知らぬ城に軟禁《なんきん》されることも……。

──だめだ。弱気になるな。

父は全てを教えてくれた。生き抜《ぬ》くために必要な全てを。あとは自分で守るだけだ。父が自身の命に代えても守ってくれた命を。

第一、諦《あきら》めるなんて自分らしくない。

どれだけいびられても、しぶとく生きてきたのが自分という人間じゃないか。大丈夫、今はとにかくしっかり休もうと、エレクトラは再び眠りにつくことにした。

2 § prophetia: 見知らぬ地で何を思う

しっかりした窯《かま》焼きのパン、燻製《くんせい》肉のスライス、根菜のスープ。

祖国のものよりもやや重ための朝食を、エレクトラは一つ一つ口に運んでいた。不安なことはいくらでもあるが、食べなければ身体も頭も動かない。

最後にフルーツを食べようとして、エレクトラはふと手を止めた。

ミトスの朝食では必ずオレンジが出されたが、今エレクトラの目の前にあるのは綺麗《きれい》に切り分けられた薄黄色《うすきいろ》の果実。ガラテア名物のりんごだ。

敵国であることをまざまざと思い知らされた気がして一瞬《いっしゅん》手を止めたが、すぐに屈服《くっぷく》させるように思いっきりかじった。

――うん、味は悪くない。食べ応《ごた》えもあるし、身体にはよさそうね。

どんな状況《じょうきょう》でもいい見方をすればどうにでもなる。前向きになることが重要だ。朝食を食べ終えると、きっちりと黒い鎧をつけたオニキスが現れた。

「薄青のものと、白……いや、これはなんだ、象牙色《ぞうげいろ》か？」

オニキスは何着ものドレスを抱《かか》えながら、ぶつぶつと呟《つぶや》いていた。

「赤もあるが派手すぎるか？　んん……？」

何事にもすっぱり発言する彼女にしては珍《めずら》しい。

だが無理もないだろう。騎士《きし》となり、自ら望んで男装しているオニキスだ。ドレスの扱《あつか》いには慣れていない。

「ふふ、見せて。ああ、確かに赤は派手かもしれないわね。青のものにしましょう。サメのお腹《なか》の色みたいで可愛《かわい》いじゃない」

世間と隔絶《かくぜつ》されて生きてきたエレクトラは、少し感性が独特だ。

「けれど、ごめんなさいね。あなた一人に任せてしまって。どうも彼女たちは信用ならないものだから」

サイリュスはエレクトラのために、多くの侍女《じじょ》を用意した。だがエレクトラは一切《いっさい》、入室を許可しなかった。

「いいえ、姫様《ひめさま》の身の回りのお世話をできることほど光栄なことはございません。どうぞ、ご安心して私にお任せくださいませ」

エレクトラ以外の者には絶対に向けない笑顔で、オニキスは言った。

それからオニキスに手伝ってもらいながら、夜着からドレスに着替《きが》えた。

「こうしていると、幼いころのようね。クオーツは元気にしているかしら」

「弟の心配をしてくださるのですか？　あの子が聞けば泣いて喜ぶでしょうね」

クオーツというのはオニキスの弟だ。

オニキスとクオーツの母親がエレクトラの乳母《うば》だったことから、エレクトラは幼少の頃《ころ》、彼らと一緒に育った。三姉弟《きょうだい》のように過ごした日々は楽しかった。今も彼がいてくれたらいいのだが……。

——いや。今は目の前のことに集中しよう。

昨日サイリュスが去った後、エレクトラは考えを固めた。

敵国に捕《と》らわれている現状は、やはり自分にとっても祖国にとってもマイナスでしかない。まずは祖国へ帰らなければならないだろう。

とはいえ戦《いくさ》があの後どうなったのかすらわからない。帰る方法についてもあてがないし、まずは情報を集める必要がある。

サイリュスは『この金樺宮より外には出ないように』などと言ったが、別に守る義務などない。外に出られるかどうか、まずは試《ため》してみるまでだ。

そんなことを考えながら、エレクトラはさっき選んだ青のドレスを身にまとって鏡の前に立った。

しかし鏡に映った己《おのれ》の姿を見て眉《まゆ》をひそめた。シンプルなものを選んでも、祖国のドレスよりは派手だ。それに襟元《えりもと》がいつものドレスより開いている。

——まさかあの男の趣味《しゅみ》？　ああ、いまいましい。

クローゼットの中にケープがあったのがせめてもの救いだ。それを上から羽織って、ほとんど肌《はだ》が見えないようにした。

「ところでオニキス、一つ聞きたいことがあるの」

「ええ、何でございましょう」

「聖王が私を捕らえたのは、『私が彼を殺せる』からだというのだけど……それが事実かどうかはおいておいて、あなたやほかの術者が聖王を殺すことはできないのかしら。たとえば彼が殺してほしいと望んで、無力な状態であなたの目の前に現れたら？」

オニキスは難しい顔をした。

「ふむ、そうですね……どんな術者であっても、魔力《まりょく》において聖王を超《こ》えることはできません。聖王はあらゆる術者にとって上位の存在です。ゆえに、そもそも術が通るかどうか」

「では物理攻撃《こうげき》はどうかしら。私以外の者が剣《けん》で傷をつけることはできると思う？」

「ううむ……」

オニキスはさらに唸《うな》った。

「残念ながら、それについては全く。今までにそのようなことをした者の話を聞いたことがございませんし、やはり聖王について公《おおやけ》にされていることが少なすぎるゆえ」

「なるほど、六国議会の秘密というわけね」

聖王を持ち回りにすると決めた六国議会は、聖王の権威《けんい》と神秘性を保つために、あえて情報を秘匿《ひとく》しているらしい。王族が格を保つため、外に出す情報を絞《しぼ》っているのと同じように。

やはりこのままでは何もわからない。エレクトラはオニキスを伴《ともな》って部屋を出た。

外に出ると、まぶしい日光に目がくらんだ。

扉《とびら》の外は風の吹《ふ》き抜ける中庭になっていた。白い渡《わた》り廊下《ろうか》があり、廊下は三つに分かれている。二つは近くにある建物に続いており、一つはかなり遠くまで伸《の》びていて先が見えない。

どこまで続いているのだろう。

気になったエレクトラは最も長い回廊を進むことにした。進み続けると回廊は橋にさしかかった。橋の先には、ミトスの王宮よりも大きい宮殿《きゅうでん》があった。

恐《おそ》らく橋の手前までがサイリュスの管轄《かんかつ》内である金樺宮、橋の向こうがガラテア宮殿の本殿だろう。

本殿へは渡らないようにとサイリュスは言ったが、不可能だとは言っていなかった。少なくともここには橋があるだけで、障害物はないように見える。

「通れるかしら」

「お待ちを、姫様。橋の手前に障壁《しょうへき》のようなものがございます。決められた人間以外は通れないようになっているものかと」

オニキスが言った。なるほど、さすがに対策は立てているというわけか。

どうしようかと考え、ふとサイリュスとの戦いを思い出した。あのときはなぜか剣で彼に傷をつけられた。ありえない例外が起きたのだ。

あの出来事があった以上、他《ほか》のどんな可能性も否定できないはずだ。

「やってみる価値はあるわね」

エレクトラはすらりと剣を抜《ぬ》き、振《ふ》りかぶった。慌《あわ》ててオニキスが制止しようとしたが、剣と障壁がぶつかる方が早かった。

――パリィン！

小気味いい音が響《ひび》いた。なんとなく手ごたえがあったような気がする。たとえるなら、ガラス窓を叩《たた》き割ったときのような。いや、叩き割ったことなどないのだが。

なにか変化はあっただろうか。

確認《かくにん》するようにオニキスを見ると、彼女は驚《おどろ》きに目を見張っていた。

「なにか変化があった？」

「え、ええ……障壁が砕《くだ》け散っています。なぜこのようなことが……」

本当に起こったというのか、例外が。なぜなのだろう。偶然奇《ぐうぜんき》跡《せき》が続いていたりするのか、はたまた愛剣がいきなり覚醒《かくせい》したりしたのか。

ともかく今は起きたのだ。細かいことは今後じっくり考えるとして、まずはこの奇跡を享受《きょうじゅ》することにしよう。


ガラテア帝国《ていこく》の宮殿は、ミトスの建物よりもがっしりとした石造建築だった。

全体を支える丸々とした石柱に、美しい曲線を描《えが》いた天井《てんじょう》。そしてなにより石材とレンガをモルタルで接合した組積造。

歴史の古いミトスでは見られない技術だ。興味深く見回したのち、エレクトラはすぐに気を引き締《し》め、慎重《しんちょう》に宮殿内を進んでいった。

このまま進んでいったら、衛兵たちに見とがめられるだろうか。

そう案じる一方で、少しの希望もあった。サイリュスはこう言ったのだ。『宮殿内の者には言ってあるから。ミトス王女エレクトラはオレの客人だ』と。

もしも、このことが衛兵たちにも周知されているならば。

「やってみて損はないでしょう」

エレクトラはそう結論づけた。

さっきの障壁を破った時点でもう禁は犯《おか》しているのだ。怖《こわ》いものなどない。

まずは、ためしに衛兵の視界ぎりぎりを歩いてみた。

衛兵はすぐにこちらを見た。が——何も言わなかった。

言葉を発する代わりに、通っていただいて構いません、とでもいうように礼をした。エレクトラはほっと肩《かた》の力を抜いた。

どうやら本当に『客人』としての扱《あつか》いのようだ。

事実としては捕虜《ほりょ》だし、それは宮殿の誰《だれ》もがわかっていると思う。だが表面上は客人として敬意を払《はら》っておこう、というのが当面の方針のようだ。

だが、注目されすぎるのもまずいだろう。人の多い場所はなるべく避《さ》けて、静かな方へと進むことにした。

石造りの見事な宮殿内をしばらく歩くと、やがて開けた場所に出た。

ところどころに赤いバラが咲《さ》き誇《ほこ》る、華《はな》やかな庭園だった。バラはどれもが大ぶりで、見るからにあでやかだ。花が好きなエレクトラは無意識に笑《え》みを浮《う》かべた。

そうして少しだけ、かぐわしいバラの香《かお》りに癒《いや》されていたとき。

「そういえば、捕らわれたミトスの将軍は今、タルタロスの塔《とう》にいるらしいな」

突如《とつじょ》として聞こえてきた言葉にはっとした。すぐにオニキスに目配せをし、石柱の裏に隠《かく》れて様子を窺《うかが》った。

見ると少し離《はな》れた場所で、二人の衛兵が話していた。

「へえ、西のあの塔に？」

「ああ。噂《うわさ》によると、かなりやられてるらしい。やっぱり俺たちの聖王猊下《げいか》は戦《いくさ》でもすごいらしいな」

衛兵たちはそれからもやり取りをしていたが、エレクトラの意識はただ一点のみに集中していた。——捕《と》らわれたミトスの将軍は今、タルタロスの塔にいる。

「どうやら、次の行き先が決まったようね。行きましょう、オニキス」

「はっ」

祖国の将軍ならば、話して何か得られるものがあるかもしれない。

エレクトラたちはしゃがみこみ、バラの木に身を隠しながら進むことにした。衛兵の言った、『タルタロスの塔』とやらへ。

西へ進むとその塔は見えてきた。地上から垂直に伸びる塔はかなりの高さがあり、見失うことはなさそうだ。

慎重に進むと、やがて舗装《ほそう》された道が見えてきた。道はまっすぐに塔へと続いているようだが、さすがに敵将を幽閉《ゆうへい》している塔だ。衛兵が等間隔《とうかんかく》に並んでいて、警備がかなり厳重なのが見て取れる。

敵国からの『客人』では、あそこを通るのは無理だろう。

「裏手に回ることはできないかしら」

エレクトラたちは木々の陰《かげ》に身を隠しながら、息をひそめて塔の裏手へ回った。裏手へ行くほど木々は濃《こ》くなったので、身を隠すのは簡単になった。

だが代わりに行く手を遮《さえぎ》るものが現れた。背の高い壁《かべ》だった。石造りの壁は見るからに堅固《けんご》で、成人男性三人分くらいの高さがあった。

「オニキス、あなたの術で向こうへ入ることはできる？」

「ええ、入ること自体は。しかし壁の向こうに衛兵がいる可能性がありますね。見つかれば、ただでは済まないかと」

なるほど、入ったとしても、すぐばれるかもしれないわけか。だが裏を返せば、誰もおらずばれない可能性だってある。賭《か》けてみる価値はあるだろう。

「いいわ。そのときはそのときで、なんとかしましょう」

エレクトラが決意を固めると、オニキスも頷《うなず》いた。

オニキスが槍《やり》を構え、魔素《まそ》を蓄《たくわ》えて風を巻き起こした。ふわりと足が宙に浮き、そのまま風に乗って壁を飛び越《こ》えていく。堅固な石壁を越え、無事に壁の内側へ入ることができた。

衛兵は……いないようだ。

なんて運のいい一日だろう。こんなに順調に進むことができるなんて。エレクトラは意《い》気揚々《きようよう》と、目前に迫《せま》った塔へと向かってさらに進んだ。そのとき——

「姫様《ひめさま》」

突然《とつぜん》オニキスが鋭《するど》い声を上げた。

「どうかした？」

「この辺り、なにか変です。異常に呪素《じゅそ》が濃い」

オニキスは警戒《けいかい》しながら周囲を見回した。

呪素は魔術で魔素を消費したときに残る、いわゆる残りカスだ。人の身体《からだ》には有害で、過度に浴びると肌が黒い石のように硬くなってしまう。

「誰かが魔術を使ったりしたのかしら」

エレクトラは言ったが、オニキスの顔は厳しいままだった。

「いいえ。通常、魔術を使ってこれほどの呪素が出ることはありません。大人数による大規模な術が使われたか、呪素により黒石病《こくせきびょう》になった者が大量にいるなどの状況《じょうきょう》がなければ、ありえない濃度《のうど》です」

「大規模な術、もしくは黒石病……」

エレクトラはオニキスの言葉を反芻《はんすう》した。なんとも物騒《ぶっそう》な話だ。もし宮殿《きゅうでん》の中に黒石病患者《かんじゃ》が大勢いるとしたら大事件ではないか。

「もし黒石病患者がいるとしたら異様すぎるわ。こんな宮殿の中でだなんて」

「ええ、嫌《いや》な予感がします。今すぐに脱出《だっしゅつ》しましょう」

オニキスがそう言いかけたときだった。

ぐるるる、と獣《けもの》の唸《うな》り声が聞こえてきたのは。

はっとして振《ふ》り返った。木々の向こうに黒い影《かげ》が数体ある。

あれはなんだ。

考えているうちにさらに一体、二体と増え、その数が十数体になった頃《ころ》、ようやく見ているものの正体がわかった。

「……魔獣《ゴルゴン》」

思わず、小さな呟《つぶや》きが漏《も》れる。

ゴルゴンとは、過剰《かじよう》な呪素を浴びて変化した動物の総称《そうしよう》だ。人間であれば黒石病と呼ばれるが、動物であればゴルゴンと呼ばれる。

元の動物の種類によっては危険性が増すこともある。たとえば犬であれば爪《つめ》や牙《きば》が鋭くなるし、魚であれば鱗が鋼《はがね》のように硬《かた》くなる。理性が利《き》かなくなるため人間を襲《おそ》うことがあり、被害《ひがい》は後を絶たない。

――けれど、なぜこんな場所に？

ゴルゴンは呪素の多い場所に自然発生することが多く、街中でというのはまず聞かない。街では絶えず術者によって呪素のコントロールがなされているからだ。

皇族が住まう宮殿ならば尚更《なおさら》であり、こんな事態は論外だ。

では、なぜか。考えたいが、その時間はないようだ。

「いけない、こちらへ近づいてきます！　私の後ろへ！」

オニキスが声を上げ、エレクトラを背に庇《かば》った。

すぐにゴルゴンたちの姿があらわになった。オオカミのような姿形でありながら、全身を覆《おお》う黒く硬い鋭い針のような体毛。オオカミが原型のゴルゴンだ。

唸り声を上げながら、素早《すばや》くこちらへ駆《か》けてくる。

エレクトラは剣《けん》を抜《ぬ》いた。剣で倒《たお》すのは難しいが、弾《はじ》くことくらいはできるはずだ。

オニキスもまた背負っていた大きな槍を構え、素早く術を放った。きらめく光が怪物《かいぶつ》たちを吹《ふ》き飛ばし、ダメージを与《あた》えていく。

が――いくら強力な術者とはいえ、オニキス一人で十数体のゴルゴン全《すべ》てを抑《おさ》えるのは難しい。術を逃《のが》れた一体が、エレクトラの方へと駆けてきた。

「っ、姫様……!!」

オニキスが叫《さけ》んだ。彼女は慌《あわ》てて駆けつけようとしたが、ゴルゴンの方が早い。

エレクトラは覚悟《かくご》を決めた。ここは自力で食い止めなければ。

剣を構え、ゴルゴンめがけて振りかぶる。そして。

――パリィン！

軽《かろ》やかに、なにかが砕《くだ》けるような音がした。音と同時にゴルゴンの身体が大きく吹っ飛ぶ。思わぬ出来事にエレクトラは目を見張った。

「え――」

これは……予想外だ。まさかここでも『例外』が？

わからないが、今は迷っている場合ではない。エレクトラはオニキスに並び立ち、加勢するように剣を振るった。

パリン、パリンと小気味いい音がしては、ゴルゴンたちが散っていく。

攻撃《こうげき》するごとに、確実な手ごたえを得ていく。周りをぐるりと取り囲んでいたゴルゴンは、二人の攻撃によって今や散り散りになっていた。

「オニキス、今のうちに塔《とう》の方へ！　入れる場所を探して、中に入りましょう！」

「はっ！」

オニキスがゴルゴンを見張り、エレクトラが入り口を探した。

やがて塔の外壁《がいへき》に窓を見つけた。ゴルゴンの攻撃が再び来ないうちにと、二人は急いで中に入ることにした。

塔の中に入ってしまえばもうこちらのものだった。

ところどころに衛兵はいるものの、見境なく襲ってくるゴルゴンとは違《ちが》う。遠くから目視してオニキスが術を放てば、すぐに拘束《こうそく》することができた。

とりあえず、塔の外にいる衛兵にばれなければ大丈夫《だいじょうぶ》だ。

「それにしても、裏の警備が手薄《てうす》だった理由がよくわかったわね」

塔の階段を上がりながら、エレクトラは言った。

塔の裏手へ回った途端《とたん》に衛兵がいなくなったのは、別の難敵がいるからだった。ゴルゴンという名の狂暴《きょうぼう》すぎる番犬により、表よりもむしろ厳重な警備がなされていたというわけだ。

「まさか警備にゴルゴンを使うなんて……異常だわ、この宮殿は」

オニキスも頷いた。先述の通り、ゴルゴンとは呪素の濃い場所に自然発生するものだ。わざわざ連れてきたりしない限り、宮殿に現れることなどありえない。

だが連れてくる、というのもまた異様ではないだろうか。

オニキスほどの実力者でさえ、一体のゴルゴンに苦戦する。

それをあんなに多く連れてくるのにはかなりの労力がかかるし、そんなことをするならば普通《ふつう》に衛兵を置いた方が早いはずだ。

誰《だれ》が一体、何の意図があって、あんなことを？

そもそも宮殿内にゴルゴンを配置するなんて、もし皇帝《こうてい》に知られたら大変なことになるのではないだろうかと考えて、エレクトラははっとした。

――いや、もしかして逆なのか？　だとしたら……。

そのとき、オニキスが鋭い声で言った。

「あちらの者に、見覚えがあります」

彼女の見ている方に目をやると、そこには一つの牢《ろう》があった。

牢、というよりは小部屋というべきだろうか。扉《とびら》は他の牢と同じ鉄格子《てつごうし》だが、中はそれなりに広い部屋になっているようだ。

どうやら捕虜《ほりょ》の身分に応じて、牢にも優劣《ゆうれつ》をつけているらしい。

ならばあの中にいるのが、捕《と》らわれたミトスの将軍ではないだろうか。

エレクトラは急いで小部屋へと近寄った。

中にいたのは、三十代半ばくらいのがっしりとした男性だった。よく知っているわけではないが、戦《いくさ》で何度か顔は見たことがある。名前は確か、ラブラスだ。

「ラブラス将軍」

エレクトラはひそやかに声をかけた。

「将軍、ミトス王女エレクトラです」

「王女殿下《でんか》ですと……!?」

将軍は驚《おどろ》き、すぐこちらへ向かってきた。鉄格子のすぐそばでエレクトラの顔を確認《かくにん》し、さらに驚いた様子になる。

「姫様」

「なんと、本当に王女殿下だ……」

「時間がないのです。手短にお話をさせていただけますか」

エレクトラが真剣《しんけん》なまなざしで言うと、ラブラスは頷《うなず》いた。

「戦がどのように終結したかご存じですか。総大将ユリウスと、彼が率いる軍は祖国へ帰《き》還《かん》することができたのでしょうか？」

まずはサイリュスから聞いたことを確認することにした。するとラブラスの表情は少し暗くなった。

「王女殿下を捕らえた後、聖王は攻勢《こうせい》を緩《ゆる》めて撤退《てったい》しました。ユリウス団長はその際に意識のある者たちを率いて帰還したはずです。また多くの者は意識を失っていただけで、命を落とした者は少なかったかと」

どうやら、サイリュスの言ったことは本当だったようだ。一部の者たちが帰還できたのは、不幸中の幸いだろう。

「理解しました。では今後のことを話しましょう。将軍、私は祖国へ帰還したいと考えております。他にも捕らわれた将軍が複数いれば力を合わせて脱出したいと思っているのですが、なにかご存じでしょうか？」

「他にも捕らわれた将軍ですか……残念ですがそれは。私は単身で捕らえられたゆえ」

エレクトラは少し目を伏《ふ》せた。

――残念だ。他の捕虜たちと協力できればと思ったのだが。

「では別の手を考えるしかありませんね。とにかくなんらかの手段で脱出《だっしゅつ》しなくては。このまま敵国にいて、人質《ひとじち》として交渉《こうしょう》に使われることこそ最悪の事態ですから」

「ええ。……え？　人質として、でございますか」

ラブラスがなんともいえない声を出した。

予想外の反応にエレクトラは首をかしげた。

「どうかしましたか？」

「いや、あの……ええと」

奥歯に物が挟《はさ》まったように、ラブラスの言葉は曖昧《あいまい》になった。何が言いたいのかと催促《さいそく》するように、エレクトラは彼をじっと見た。だが彼は視線をうろうろさせたまま、何も言う様子がない。

「時間がありません。手短に」

やや語気を強めて言うと、ようやくラブラスは迷いながら言った。

「その、畏《おそ》れながら……殿下に人質としての価値があるかどうか――」

「貴様……っ！」

エレクトラが言葉の意味を考える間もなくオニキスが激昂《げきこう》し、術でラブラスを吹き飛ばした。術で口もふさがれたのだろうか。ラブラスは「ぐっ」と声にならない声だけを出している。

「オニキス、私なら大丈夫よ。話を聞きたいわ」

「しかし！」

「いいから。お願い」

エレクトラが強く指示すると、オニキスはしぶしぶ術を解いた。

「今、私に人質の価値がないかもしれない、と言おうとしたのですね。それはどういう意味でございましょう」

将軍は少しためらったのち、こう説明した。

「それは……言葉の通りでございます。現在、王女殿下を人質として交渉を行ったとして、我が国の女王陛下は応じられない可能性が高いかと存じまして……」

女王陛下は、という言葉でようやくはっとした。

そして全身から力が抜《ぬ》けた。

——ああ、そうか……そうだった。

戦に出ても心配一つしないあの母が、わざわざ不利な交渉をして自分を取り返そうなどとするはずがないのだった。

なぜ忘れていたのだろう。母にとってエレクトラは、ただのお荷物でしかないのだ。

「姫様《ひめさま》、これ以上くだらない話を聞く必要はございません！」

エレクトラが呆然《ぼうぜん》としているのを見て、オニキスが声を上げた。彼女はラブラスとエレクトラの間に割って入り、会話を無理やり遮《さえぎ》った。

「うん、オレも同意しようかな。それに関しては」

そのとき突然《とつぜん》、第三者の声が入った。微妙《びみょう》に気の抜けた声は、オニキスでもラブラスでもない。振《ふ》り返ると、思わぬ人物が立っていた。

聖王サイリュス。彼は聖王のローブ姿で、当たり前のようにそこに佇《たたず》んでいた。

驚いた後、エレクトラの思考はめまぐるしく回った。

——なぜ彼がここに？　いつからここにいた。なぜ私の居場所がわかった？

外に出ないようにという言いつけも破ったし、そもそもここは衛兵やゴルゴンが厳重に守る塔《とう》だ。侵入《しんにゅう》したことへの叱責《しっせき》はまぬがれないだろう。

構えながら、エレクトラはサイリュスの次の言葉を待った。

「全くもってつまらない話だ。こんなものを聞かせるくらいなら、オレが歌でも披露《ひろう》してあげようじゃないか」

「……なぜ、あなたがここにいるの？」

「姫の心の声が聞こえたからね。私のところへ来て、と」

彼はにっこりと笑った。どうやら素直《すなお》に答えるつもりはないらしい。そして幸いなことに、叱責する気もないようだった。ひとまずエレクトラは安堵した。

「ともかく、オレも守護騎士《きし》に同意ということだよ。さあ、部屋へ戻《もど》ろう。温かいお茶でも飲んで、ゆっくり楽しい時間を過ごそうか」

「楽しみたいならお一人でどうぞ。私はもう少し将軍の話を聞いてから帰るわ、と言おうとしたとき、扉の向こうから将軍の悲鳴が聞こえた。気づけばサイリュスが扉のほうへ手をかかげている。将軍は意識を失ったのか、目をつぶって倒《たお》れていた。

「……ちょっと、なにをしたの？」

「なにも？　睡眠《すいみん》不足だったんじゃないかな、彼。ゆっくり寝《ね》かせてあげようよ」

術で眠《ねむ》らせた、というわけか。エレクトラはきっとサイリュスを睨《にら》んだ。

「ふふ、今日も綺麗《きれい》な瞳《ひとみ》だなぁ」

「あなたは今日も胡散臭《うさんくさ》いわ」

「おっと、これは手厳しい。でもそんなところも可愛《かわい》いね。さあ、手をつないで一緒《いっしょ》に帰ろうじゃないか」

サイリュスが手を差し出してきたが、その手を無視し、エレクトラは一人で歩き始めた。

本当は将軍を叩《たた》き起こし、サイリュスを倒して、もう一度話を聞きたい。けれど周りには衛兵もいるし、オニキスも将軍の話を聞くことには賛成していないようだ。

「言っていないわ」

仕方なく今は諦《あきら》め、部屋に帰ることにした。

§

「お茶が入ったよ。はい、どうぞ」

自室へ戻ると、サイリュスは当たり前のように一緒に部屋へと入ってきた。その際にオニキスも遠ざけられてしまったので、部屋には二人きりだ。

「我が城で育てているバラを使った茶だよ。いい香《かお》りだろう？」

彼はテーブルの上に二つの盃《さかずき》を置いた。さすがに疲《つか》れたので、エレクトラは椅子《いす》に腰《こし》かけ、バラ茶を一口すすった。華《はな》やかな香りが鼻孔《びこう》を抜けていく。

目の前のこの男は置いておくとして、まあ味は悪くはないようだ。

「話したいことがあるわ。まともに聞いてくれるなら話すけれど」

エレクトラは真剣なトーンで言った。するとサイリュスは茶器を置き、対面の椅子に腰を下ろした。

「予想はついているでしょう。あのゴルゴンのことよ。ゴルゴンは森など空気の通りが悪く、呪素《じゅそ》が集まる場所に発生するもの。適切な呪素濃度《のうど》が管理されている街中に、ましてガラテアという大国の宮殿《きゅうでん》内に発生するはずがないわ」

将軍が捕《と》らわれていた塔の裏手には、十数体のゴルゴンがいた。それはなぜか。理由は一つだと、エレクトラは予測していた。

「あの状況《じょうきょう》は、ゴルゴンを意図的に集めたり、配置したりしない限りはありえない。私はそう思うわ」

「ほう、つまりガラテア帝国《ていこく》は意図的にそんな奇妙《きみょう》なことをすると」

「ええ」

「……はあ。だから外に出ないでほしい、と言ったのだけれど」

否定はしないようだ。サイリュスもバラ茶をすすり、すんと穏《おだ》やかな表情をした。声もまた落ち着いて低くなっていく。

「まあ、今さら仕方ないかな」

「ということは――」

「そうだよ。あれは我が国の恥《はじ》だ」

サイリュスは少しだけ目を伏《ふ》せた。その表情はさっきとは真逆だった。道化《どうけ》じみた色は少しもなく、真剣《しんけん》さだけがそこにある。自然とその場が真面目《まじめ》な空気に包まれた。

「君の推測のとおり、ゴルゴンは意図的に発生させられている」

「意図的に……発生」

発生、という言葉にやや違和感《いわかん》を覚えた。配置ではなく発生。つまり呪素を溜《た》めて、ゴルゴンを作っている、とでもいうのだろうか。

「意図的にゴルゴンを作っているということ？　そんなことができるの？」

「できるよ。ガラテアは技術力だけなら、砂漠《さばく》の大国ラティアンにも、学問の国トランドリエにも負けない。具体的なやり方は……濃縮し、液状にした呪素を注入するんだ、生きている動物に」

サイリュスの表情に嫌悪《けんお》の色が加わる。

新興国で勢いのあるガラテアは、新しい技術を盛《さか》んに取り入れていると聞く。そのため伝統を重んじるミトスよりも、圧倒《あっとう》的に技術力は高い。

だから……たぶんできるのだろう。そういった技術を使って。

「ガラテア国内には、そうするための工場がいくつかある。宮殿にも小規模だが存在していてね。君が見たあのゴルゴンたちも、正真正銘《しょうしんしょうめい》この宮殿の地下で作られたものだ」

「用途《ようと》については？　ゴルゴンが戦《いくさ》に投入される可能性はあるの？」

「ああ。というか、まさしくそのためだ。皇帝陛下は他国への侵略《しんりゃく》に熱心であらせられる。頭数もそろってきた今、本格投入されていくだろう」

「なら今後、ミトスの脅威《きょうい》になっていくというわけね……」

エレクトラは呟《つぶや》いた。ゴルゴンの鋭《するど》い爪《つめ》や牙《きば》を思い出す。あれらが戦場に大量に放たれたらと思うと、身震《みぶる》いがする。

なにか、できることはないのだろうか。

視線は宙を漂《ただよ》った。天井《てんじょう》の照明を眺《なが》め、壁《かべ》の大理石模様を眺めたのち、サイリュスに視線を移して、ふと違和感を覚えた。彼の表情はとても真剣で、今まで見たことのない色をしていた。

そういえば、この話題になってからというもの、ふざけた様子は一切《いっさい》ない。この男にも、なにか思うところがあるというのだろうか。

「問うわ。あなたはどう考えているの。そのことについて。多少は憂《うれ》いているのかしら?」

「多少どころじゃないさ」

エメラルドの瞳が鋭い色を灯《とも》した。

「普段《ふだん》は好きにやらせてもらってはいるが、少なくともガラテア国民を想《おも》う気持ちに嘘《うそ》偽《いつわ》りはない。皇帝陛下のやり方は好きじゃないよ」

その瞳には、確かな正義感が宿っていた。

改めてこの男のことを考えた。祖国ミトスの敵であり、殺してくれとか、その他ふざけた冗談《じょうだん》ばかり言う男。しかしガラテアという国や、国民のことを悪く言う素振《そぶ》りは今のところない。

エレクトラ自身もこの件に関して正義感を抱《いだ》いているし、放《ほう》っておけないと強く思っている。互《たが》いに思惑《おもわく》は一致《いっち》しているといえるのだろうか。だとしたら――

「提案があるわ。その工場とやらを破壊《はかい》するのに手を貸してくれないかしら」

サイリュスが少し目を見開いたのがわかった。

「どうしたの。そこまでの正義感はなかったかしら」

「いや、そうではなく……驚《おどろ》いたから」

「驚いた、とは？」

「一つ。今はまだオレのこと嫌《きら》いだと思ってた」

「もちろん嫌いよ。いいえ、嫌いなのはもちろん、表情も言葉も全《すべ》て胡散臭いと思っているわ」

「アッハッハ」

この際だから好き放題言ってやったが、それほど効いてはいないのか、サイリュスはなんでもないように笑った。

「そして二つ。君がオレと同じことを考えるとは思わなかったから」

「同じ？」

「君が提案したことはすでにオレも計画している。そして奇《く》しくも、それこそがまだ殺してほしくない理由だった」

「というと？」

「私は聖王でありガラテア帝国第一皇子。国と人々を守る責務がある」

ふと、サイリュスの白い面《おもて》が厳しく引き締《し》まった。

彼の耳飾《みみかざ》りが鋭く光る。運命神イェレンの象徴《しょうちょう》である金の天秤《てんびん》。正統なる聖王にしか与《あた》えられないその装飾《そうしょく》は、確かに彼の耳元で揺《ゆ》れている。同じくストラに描《えが》かれた天秤もまた、彼の双肩《そうけん》にしっかりと乗っていた。

「私はかねてから皇帝陛下のやり方には反対だった。ゴルゴンを製造する工場など必要ない。必ずや破壊しなければと思い、そのための計画を立てていた」

エレクトラはやや目を見張りつつ、居ずまいを正した。

「今、君に殺してもらうわけにはいかないのもそのためさ。責務を果たすまでは死ねない。だからその刃《やいば》はまだしまっていてくれると助かる」

この男は本当に見るごとに姿を変える。ふざけたことを言ったり、甘ったるいことを言ったり、ふと寂《さび》しい顔をしたり。だがこんな姿があったとは知らなかった。こんな、正義に燃える姿があったなんて。

「君も同じならとても嬉《うれ》しい。力を貸してくれ、というのならもちろん。むしろ君の力を貸してほしいところさ」

真剣なトーンのまま彼が言ったので、エレクトラは頷《うなず》いた。本来、敵国であるガラテアのことでエレクトラが手を貸す義理はない。いくら祖国のためであっても。けれどこんな非道な話なら、聞き流せるはずもない。

「では詳《くわ》しく話を聞いてもいいかしら。まず、計画していた、というからにはなにか戦略があるの？」

「もちろん。計画の鍵《かぎ》となるのは『中央炉《ちゅうおうろ》』だ」

「中央炉……初めて聞く言葉だわ」

「そうだろう。ちなみに正式名称《めいしょう》は『呪素《じゅそ》濃縮格納施設《しせつ》　中央区画　溶素《ようそ》炉』だ」

……長い。確かに中央炉と呼んだ方がよさそうだ。

「これに関しては完全にガラテア独自の技術だから、知らないのも当然だろうね。通常、呪素は黒い粒子《りゅうし》として大気中を漂っている。この粒子に侵食《しんしょく》され続けることで動物はゴルゴン化する。知っているよね？」

「ええ」

「だが人為的《じんい》にゴルゴンを作ろうとすると、この方法では時間がかかりすぎる。そこで必要なのが液状の呪素だ。液体に変えた濃《こ》い呪素を動物に注入することにより、短時間でゴルゴンが作れる」

「なるほど……」

「つまりゴルゴン製造には液状の呪素が必要で、それを生成するための中央炉が必要ってわけさ。逆に言えばこの中央炉さえ壊《こわ》せばゴルゴン製造は不可能になる。再び建造するには莫大《ばくだい》な資金と人手、そしてなにより時間が必要だからね」

「だからそれを狙《ねら》う、というわけね」

サイリュスは頷いた。

「けれどそんなものを壊すことができるの？」

「知っているだろう？　オレは聖王だよ」

サイリュスは自信満々にウインクした。

「あらゆる呪素はオレのもとに集まり、魔素《まそ》に還元《かんげん》される。つまりオレの周りには常に大量の魔素がある。そしてオレにはそれを操《あやつ》る能力がある。どんなに堅固《けんご》な炉であろうが、そんなものは粘土《ねんど》細工同然というわけさ」

「そう……聖王というのは、本当になんでもできるのね」

不思議に思い、なんとなく呟いた。

恐《おそ》らく彼の言うとおりなのだろう。絶対的な力を持つ聖王に壊せないものなど存在しないはずだ。中央炉とやらがどんなに堅固であっても。

「オレを褒《ほ》める気になったのかい？　ふふ、嬉しいね」

「不思議ね、一人の人間にそんな大きな力が収まるなんて。いったいどんな仕組みになっているのかしら」

「気になるのならもっと近づいて、よく見てごらん？」

「呪素を魔素に還《かえ》すという能力も、よく考えると不思議だわ。どうして、たった一人の人間だけがそれを行えるのかしら。そもそも、どうやって力を継承《けいしょう》しているのかしら」

何事もよく観察すること。父の教えが染《し》みついているエレクトラは、不思議だと思ったことを追究するクセがある。

「君さえよければ、今夜一晩、たっぷり語ってあげようか。添《そ》い寝《ね》をして、君の美しい瞳《ひとみ》を見つめ続けて。今なら特典でおいしい果物付きさ」

「あらそう。ではレモンをいただこうかしら」

「レモン？」

「ええ。もちろんあなたにも口いっぱいに頰張《ほおば》ってもらうわ。どれだけ酸《す》っぱくても、思いきりね」

「……………」

サイリュスは酸っぱそうな顔をして黙《だま》った。勝ちだ。

「それで、話を逸《そ》らしてしまったわね。中央炉を破壊するといっても、さすがに警備はいるのでしょう？」

「ああ。有能な魔術師兵たちがずらりとね。けれどそんな彼らも浮《う》かれるときはある」

「どんなとき？」

「半月後に行われる、聖臨祭《せいりんさい》という祭りさ。この祭りは三日続き、皇帝陛下《こうてい》から全国民にりんご酒がふるまわれることになっている。警備の兵たちも多少は気が緩《ゆる》むだろう」

「そんなに簡単にいくものかしら」

「いくさ。聖王たるオレが直々にりんご酒を分け与えに来た、ということにしてしまえばね」

「ああ……そう」

聖王みずから労《ねぎら》いにきたという体《てい》で現れ、酒をふるまって酔《よ》わせるということか。確かに兵士たちが拒否《きょひ》することはなさそうだ。

「おおむね計画はわかったわ。その聖臨祭の日に中央炉へ行き、警備兵たちに酒をふるまって内部へ潜入《せんにゅう》し、中央炉を破壊する。そうすることでゴルゴン製造が止められる、と。そういうことね」

「そのとおり。中央炉は都から少し離《はな》れてはいるが、術を使えば一刻とかからない。三日間ある聖臨祭の初日に城下へ下り、都から出て中央炉へ向かおう」

「でも、こんなに計画されているのなら、私が力を貸す余地はないんじゃないかしら」

「そんなことはないさ。まずオレの士気が上がる。これは大きな要素だよ。それから――」

サイリュスはぱあっと笑顔《えがお》になった。

「中央炉破壊《はかい》ののちには、オレを葬《ほうむ》ってもらう必要があるからね！」

輝《かがや》く笑顔でサイリュスは言った。どういう反応をしたらいいかわからず、エレクトラは黙った。明るい表情と暗い言葉。その二つはあまりにちぐはぐで奇妙《きみょう》だ。

「私がいつあなたを殺すかは、私自身が決めるわ」

「ふむ、なるほど。けれどきっと同じだと思うよ。オレが殺してほしいと思うときと、君が殺したいと思う瞬間《しゅんかん》は」

「どういうこと？」

「時が来たらわかるよ」

サイリュスは柔《やわ》らかく微笑《ほほえ》んだ。答えになっていない、という気持ちを込めてエレクトラは強く見つめ返した。だが彼はやはり答えず、代わりにこちらに手を伸《の》ばした。

「楽しみだ、君が殺してくれること」

白い指がエレクトラの手に触《ふ》れた。すぐに振《ふ》りほどいたが、ほんのわずかに体温が伝わってきたので、ふと初恋《はつこい》の人のことを思い出した。

この手がユリウスだったらよかったのに、などと考えるのは……さすがに卑怯《ひきょう》だろうか。

「おっと、ぼんやりして。まさか他《ほか》の男のことでも考えてる？」

「ええ」

振り回されてばかりなのもどうかと思い、反撃《はんげき》したい気持ちが生まれた。

「なんだって？　こんな美男が目の前にいるというのに？」

「ユリウスの方が美しいし、魅力《みりょく》的だわ」

これは本音だ。もちろんサイリュスが美形なのは見てわかる。それも最上位の部類だということも。だがエレクトラの好みは父やユリウスのように雄々《おお》しい男性であって、サイリュスのようになよやかで妖《あや》しい男ではないのだ。

「ユリウス、というと――」

「従兄《いとこ》よ。ミトス聖騎士《きし》団長のね。一対一で戦ったでしょう」

「ああ、あのムッツリとした男か。ふむ」

誰《だれ》がムッツリだ、と言い返そうとしたとき、サイリュスがつまらなそうな顔になり、エレクトラから手を離した。

「……ダメかな、オレじゃあ」

エレクトラにではなく、自分に問うようにサイリュスは言った。そのまま自身の手のひらを見つめる。その瞳はやや虚《うつ》ろだ。

「ねえ、君の欲しいものはなにかな」

「え？」

「欲しいものがあるなら、君にあげたい。あんまりいい方法じゃないかもしれないけど、オレを愛してくれるためなら、なんでもあげたいんだ」

急な話の転換《てんかん》にエレクトラは困惑《こんわく》した。そして、思った。

――欲しいものは、いつだって手に入らない。

——だから、初めから望まない。

それがエレクトラの根本的な思考回路だ。この質問への回答は、持ち合わせていない。

「ないわ。欲しいものなど」

「そうなの？」

「逆に聞きたいわね。あなたの欲しいものがなぜ死なのか」

「死じゃない。オレは『殺してほしい』んだよ」

「なにが違《ちが》うというの」

「殺してもらうということは、ある意味、命を託《たく》すということだ。相手に自分の全《すべ》てを預け、受け止めてもらうことだ。だからオレは、殺してほしい」

わかるような、わからないような気がした。

ただ一部分だけは理解できた。以前彼は『存分に愛して、それから——殺してほしい』と言った。今の文脈からするとあの言葉は、信頼《しんらい》した相手に殺されたい、ということなのだろうか。

「他にはなにも望まないよ。君の愛と、殺してほしいということ以外は。なんて、十分望みすぎか」

自分自身に呆《あき》れるように彼は言った。

「だめだな。望んだら手に入らないとわかっているのに。……欲張りすぎだ」

そのときエレクトラは、はっとした。

「あなたも――」

「ん？」

――あなたも、私と同じ？

――最初から、望まないようにしているの？

なんてことを言いかけて、すぐにやめた。なにを、おかしなことを期待しているのだろう。もし彼も同じ境遇《きょうぐう》だったら気が楽だ、なんて。

「どうしたんだい、エル」

「いいえ……なんでもないわ」

「そう？　まあとにかく思いついたら言ってよ、欲しいもの。君が振り向いてくれるまで頑張《がんば》るから」

「望むだけ無駄《むだ》ね。そんなことは決してないのだから」

「そういうの、物語では伏線《ふくせん》っていうらしいよ」

「残念。私は本気で言っているのよ」

ははは、とサイリュスは軽く笑った。それから――

「そういえば君、どうやって金樺宮から出たの？」

突然《とつぜん》そう問われたので、どきりとした。

……そういえば、その話はしていなかった。

「馬鹿《ばか》と鋏《はさみ》は使いよう、と言うでしょう？　無能にも使いようはあるのよ」

　正直、何と答えるのが正解かわからなかった。なにしろ、あれについては自分でも全く理由がわかっていないのだ。

　それにサイリュスは金樺宮から出ないよう言った。叱責《しっせき》されるのは別にいいが、警備を厳しくされるのは困る。エレクトラは窺《うかが》うようにサイリュスを見た。

「無能、ねえ」

「文句があるのなら遠慮《えんりょ》なくどうぞ。散々言われてきたから慣れているわ」

　構えるエレクトラに反し、彼は予想外の反応をした。軽い口調でこんなことを言ったのだ。

「いや、そうじゃなくて。違うと思ってさ」

「何が」

「君は、無能じゃないと思うんだ」

　エレクトラは眉《まゆ》をひそめた。

　――なにを言っているんだろう。

　いつもの冗談《じょうだん》かと思いながらサイリュスを見つめ返したが、彼は表情を引き締《し》め、まじめな顔で改めてこう告げた。

「君の能力は『無能』じゃなく『無効』。オレはそう思うな」

――君は無能じゃない。

――無能じゃなく無効。

「……は？」

無意識のうちに、声が漏《も》れた。

全く理解が追いつかず、頭の中が混乱する。

『無能』じゃない、というのも意味がわからないが、さらにわからないのが『無効』だ。そんなもの、全くもって聞いたこともない。

「あなたは……なにを言っているの？」

「君は魔術《まじゅつ》を無効化できる。それどころか呪素《じゅそ》の影響《えいきょう》も全く受けないように見える。君は魔素も呪素も、全ての粒子《りゅうし》を無に帰す力を持っているんじゃないかな」

エレクトラは眉根を寄せた。困惑は深まるばかりだった。

しかしまじめな顔で言っているのは世界最高峰《さいこうほう》の地位を持ち、唯一《ゆいいつ》にして最大の能力を持つ聖王だ。さすがに無視はできない。

「けれど、今までは魔術で攻撃《こうげき》されたら傷を負っていたし、どんなバリアだって壊《こわ》すことはできなかった……普通《ふつう》に影響を受けていたわ」

「これはオレの推測だけど、護符《ごふ》で封《ふう》じられていたんだと思う」

「オレがちぎってしまったあの銀のペンダント。あれがなくなってから、君は無効の力を使えるようになった。思い出してごらんよ、君はオレに剣《けん》で傷をつけただろう」

確かに出会ったときのことは、ずっと疑問に思っていた。なぜ無能の自分が世界最強の聖王を傷つけられたのかと。

「護符？」

「あれは……あなたがあえて傷を負ったのかもしれないと思っていたわ」

「おっと。君の目にオレはそんな被虐《ひぎゃく》性愛者に見えてるのかい？」

「ええ、多少」

「はは、そうか。でも残念。そんなことはしてないよ。あのときはオレだってすごく驚《おどろ》いたんだから」

少しだけ冗談めかして言った後、真剣な顔に戻《もど》った。

「わかっただろう？　君は『無効』の能力者。かつて聞いたこともない、最強のね。だからオレを傷つけられたし、傷つけても君に反射は――……ああ、この話はいいか」

最後の方は小声だったので、何と言ったか聞き取れなかった。

間違《まちが》いないのは、やはり『例外《いわ》』が例外ではなかったということ。全てが『無効』によるものなら、今までのあらゆる違和感《わかん》に筋が通る。

とはいえ、生まれてからずっと無能だと言われて生きてきたのだ。頭では理解できたが、実感は湧《わ》いていない。

「その能力をどう使うかは君次第《しだい》だ。オレとしては、君が自分自身を守るために使ってほしいと思っているよ」

「ええ。それだけは私も同意するわ」

本当に『無効』の能力があるのなら、オニキスに余計な手間をかけさせることは減る。敵が現れても、自分で防衛することができるだろう。

それに、また外に出て情報を探《さぐ》ることだって――

「あ。今、悪いことを考えたね」

「え？」

「また外に出ようと考えていただろう？」

言葉に詰《つ》まった。……さすがに予測されるか。

「ここは君にとって敵国だ。連れてきたのはオレだから、その責任は取るよ。外に出る際はオレが一緒《いっしょ》に出かけよう。そうだ。今度、二人で城下に遊びに行くのなんてどうかな？」

「……なんでもいいわ」

彼と出かけるのはどうでもいいが、城下を視察しておきたい気持ちはあったので、とりあえずそう答えた。

「よかった。じゃあまた誘《さそ》いに来るよ。今日はゆっくり休んで。それではね」

サイリュスはにっこりと笑い、去っていった。

3 § prophetia: りんごのパイとハーブティー

エレクトラは鏡の前に立ち、自分の姿を見ていた。

脚《あし》の動きを邪魔《じゃま》しない簡単な作りのパニエ。シンプルなレースだけで装飾《そうしょく》された袖《そで》回り。実用的なほっそりとしたワンピース。侍女《じじょ》から盗《ぬす》んだ服は、ミトスの花園《はなぞの》で仕事をしていたときのような気軽なものだった。

「すごいわ、オニキス。私の身体《からだ》にぴったりなものを取ってきてくれたのね」

「姫様《ひめさま》と背格好の似ている侍女をよくよく探しましたので。軽くしばいてから盗《と》って参りました」

「そう、見事ね。しばいた割に服にはシワもないもの」

今朝方起こしたひどい事件について、この主従は非常に淡々《たんたん》と話していた。

エレクトラはオニキスに頼《たの》み、密《ひそ》かに侍女の服を調達してもらった。オニキスは侍女の一人をノックダウンさせ、服を強奪《ごうだつ》するに至ったのだ。

理由は、外を歩いて情報を得るためだ。

サイリュスは一緒に城下へ遊びに行こうなどと言ったが、それまで待つ必要はどこにもないし、待っている時間もない。

とにかく今は、祖国へ帰る方法を探る必要がある。宮廷内《きゅうてい》や、あわよくば城下を歩いて情報を得たい。そのための変装というわけだ。

「あなたは……どうする？　その格好で行く？」

エレクトラは恐《おそ》る恐るオニキスの姿を見た。

侍女のワンピース。……ワンピース？　これが？

筋骨隆々《りゅうりゅう》のオニキスが侍女のワンピースを着た姿はかなり異質だった。女児の服を成人男性が着ているくらい、犯罪的な違和感がある。

「いえ、鎧《よろい》に着替《きが》えます。これでは関節が動きませんので」

オニキスが少し動くと、パツパツのワンピースが悲鳴を上げた。

「そ、そう。関節は大事だものね」

何と答えたらいいかわからず頓珍漢《とんちんかん》な返答になったが、オニキスは真面目《まじめ》な顔で頷《うなず》き、着替えるために下がっていった。

数分後、主従の準備は整った。エレクトラは長い銀の髪《かみ》を後ろで一つにまとめ、お団子状にした。服装は先述の通り、侍女の簡素なワンピースだ。

オニキスは普段《ふだん》の鎧からいくつか装具を外し、軽装の鎧になった。

買い出しに出かける宮殿《きゅうでん》の侍女と兵士、という感じだ。これなら城下を歩いていてもほとんど目立たないはず。

「では行きましょうか、敵情視察へ」

扉《とびら》に手をかけ、二人は部屋の外へと出た。


エレクトラが与《あた》えられている部屋は、金樺宮内の塔《とう》の上階にあった。塔を出ると中庭が続いていて、ドーム状の神秘的な神殿が見えてくる。

以前は神殿を通り過ぎていったが、少しだけ覗《のぞ》いてみてもいいかもしれない。なんとなくの興味から、エレクトラの足は神殿へ向かった。

極彩色《ごくさいしき》の大きな神殿へ、一歩一歩、足を進めていく。

神殿までは、どっしりとした円柱と、高い天井《てんじょう》で構成された廊下《ろうか》がしばらく続いていた。入り口には警備の衛兵がいたが、変装はうまくいったらしく、止められることはなかった。

広い回廊を進むと、今度は開けた場所が見えてきた。

これ以上進むと、さすがに注目を浴びそうだ。

エレクトラはそこで立ち止まり、改めてぐるりと辺りを見回した。先に見える開けた場所には、円筒《えんとう》状の空間に、ドーム状の高い天井があった。

最奥《さいおう》には、十二神の神像が祀《まつ》られた祭壇《さいだん》のようなものが見え、そして――

「………」

エレクトラは息を呑《の》んだ。

祭壇のそばに、聖王サイリュスの姿があった。

重厚《じゅうこう》な黒い聖衣と金のストラを身に着け、目を閉じ、祈《いの》りを捧《ささ》げる姿。そこに道化《どうけ》じみた色は少しもなく、ひたすらに聖職者らしい。

今までとは別人のように、打って変わった姿。

そしてなにより驚《おどろ》くべきは——彼を取り巻く、無数の粒子《りゅうし》。

黒い粒子が彼の左手に吸い込まれるように渦《うず》を巻き、一方できらめく光の粒子が彼の右手から生み出されるようにして空へ舞《ま》い上がっていた。

これが、呪素《じゅそ》を魔素《まそ》に変えるという神秘なのか。

呪素を魔素に還元《かんげん》するという、聖王にしかできない、まさに奇跡《きせき》の業《わざ》。

信じられない光景を目にして、エレクトラは立ち尽《つ》くした。

——ふざけた言動をしていても、彼は本当に聖王なのだ。

エレクトラはしばらく不思議な気持ちでその光景を眺《なが》めた。

その後、神殿を出て、以前と同じルートを歩んだ。本殿へと渡《わた》る橋。ここには障壁《しょうへき》が張られているが、『無効』の力で壊《こわ》してしまえば渡ることができる。

エレクトラはケープの下に隠《かく》していた愛剣《あいけん》パンドラをすらりと抜《ぬ》いた。

振《ふ》りかぶり、きらめく一閃《いっせん》で障壁を壊そうとした。が——

「いけないよ」

そのとき、ふいに耳元でささやき声が聞こえたので、大きくのけぞった。

転びそうになったのをなんとか耐《た》えて、声のほうを振り返る。すると、にっこりと笑った聖王サイリュスの白い顔がすぐ目の前にあった。

「以前言っただろう？　外に出るときは一緒《いっしょ》に行こうと」

エレクトラはしばらく驚き、疑問を抱《いだ》いた。

彼は一体、いつから気づいていて、いつからここにいたのだろうか？　ついさっきまで神殿で祈りを捧げていたし、あの後ついてきた気配もなかったじゃないか。

まさか一瞬《いっしゅん》でここまで来たというのか？

——いや、そんな、まさか。もしそうだとしたら、色々な意味で恐ろしすぎる。

「……ねえ、あなたのような人のことをなんていうか知っている？」

「なに？」

「変質者よ」

エレクトラはかつて乳母《うば》から教わったことを思い出した。

恋愛《れんあい》関係をこじらせた末路の一つに、付きまとい行為《こうい》というものがあると。そういうことをする人間のことを、変質者というらしいと。

だがサイリュスは何が面白《おもしろ》いのか、愉快《ゆかい》そうに笑うだけだった。

「ははっ、変質者呼ばわり大歓迎《だいかんげい》！　愛《いと》しの姫を追いかけることが罪だというなら、甘んじて受け入れようじゃないか」

その後、サイリュスはなにやらじっくりとエレクトラの格好を見た。上から下まで見られたので、嫌《いや》な気分になってつい睨《にら》んだ。

「ちょっと、なに」

「いや、ううん……その格好は違《ちが》うと思って。君の気品に少しも釣《つ》り合っていない。綺麗《きれい》な髪もそんな風に縛《しば》ったらもったいないよ」

サイリュスは手を伸《の》ばし、髪をほどこうとした。エレクトラはその手を払《はら》いのけ、彼にされるくらいならと自分でほどいた。銀の髪が光を放ってこぼれる。

「それで、その格好でどこへ行こうとしていたんだい？」

「城下で買い物でもしようかと思っただけよ。ご心配なく」

「ふむふむ。なにを買うつもりだったのか、聞いてもいいかな」

「服を。クローゼットの中のもの、やたらと身体の線が出るものばかりでしょう？　もっと控《ひか》えめなものが欲しいと思ったのよ」

遠回しに『あなたの趣味《しゅみ》が悪い』と言ってやった。サイリュスは機嫌《きげん》を損《そこ》ねることも、悪びれることもなく、やはり楽しそうに笑った。

「ははっ、そうか。そういうことなら、君の好きなドレスをそろえなければね。ここからは守護騎士《きし》に代わってオレが同行するよ」

……やはり、そうなるか。

オニキスが心配そうな顔でこちらを見たので、エレクトラは「大丈夫《だいじょうぶ》」というように微笑《ほほえ》んだ。

「ちょっと待っていて。あと五分で仕事を片づけてくるから。そこのベンチに座って、楽にしていてね」

五分で仕事を片づける、と言った彼は三分で戻《もど》ってきた。こうしてなぜか、サイリュスと一緒に城下へ出かけることになったのだった。

§

金樺宮にはいくつか門があるようで、そのうちの一つが城下へとつながっていた。

門を抜けた先は、細い小道だった。歩いていくうちに徐々《じょじょ》に別の道とつながっていく。数分歩くと、ざわざわと人々の声が聞こえてくるようになってきた。

エレクトラは、かなりどうでもいい気分で路地を歩いた。

城下へ出られるとはいっても、サイリュスと一緒だ。街ゆく人々に話を聞けるわけでもないだろうし、祖国にまつわる情報を得ることなど不可能に近い。

つまり、なんの意味もない外出になる。

まともな服だけ見つけたらすぐ帰ろう。そう思いながら、次の角を曲がった。だが裏路地から大通りへと抜けたとき――エレクトラは、まぶしさに目をつぶった。

大通りには、日光がさんさんと降り注いでいた。石畳《いしだたみ》にも陽光が反射しており、きらきらと輝《かがや》いている。さらにその上を大勢の人々が行き交《か》っており、たくさんの足音や話し声、色んな種類の物音が耳に入ってきた。

ものすごい情報量に圧倒《あっとう》され、エレクトラはぱちぱちと瞬《まばた》きをした。

行き交う人の数は何十、いや何百だろうか？　わからない。あまりにせわしなく行き来しているので、数えることができない。

――城下町とは、こんな景色なのか。

祖国でも城下へ行ったことはほとんどない。幼い頃《ころ》、父と数回出かけたくらいだったと思う。

エレクトラは新鮮《しんせん》な気持ちで周囲を見回した。目を引いたのは街の人々の様子だった。

高い声で笑う女性たちの集団に、あちこち駆《か》けまわる子どもたちの集団、暇《ひま》を持て余して賭博《とばく》に興じる男たちの集団。

みなしゃべり、笑い、怒《おこ》り、生き生きとしている。

宮廷人《きゅうてい》のようにやたら偉《えら》そうにもしておらず、兵士のようにつまらない顔をしてもいない。誰《だれ》もが自分の感情に忠実だ。閉《と》ざされた宮殿《きゅうでん》にも、血の匂《にお》いのする戦場にも、こんな景色はなかった。こういう景色は……新鮮だ。

「どうしたんだい、姫《ひめ》」

「いえ――」

なにか言い返そうとしたのだが、うまく言葉が出てこなかった。もっと人々のきらめく笑顔《えがお》を見たくなる。おしゃべりに耳を澄《す》ませてみたくなる。

「お忍《しの》びの遊びは初めてかい、姫。いや、ここではただのエルかな」

「ええ……初めてよ」

気づけば素直《すなお》に返事をしていた。

こうして出かけたのは本意ではない。本意ではないが、なぜか心がざわめいた。

店も人もたくさんだ。気になるものも、見慣れないものもたくさんあって目が足りない。

たとえば店の軒先《のきさき》に置いてある紫色《むらさきいろ》のガラスの球体。あれは何だろう。蛇口《じゃぐち》がついているから、液体をいれるものだろうか？

その隣《となり》に置かれた大きな兜《かぶと》もよくわからない。戦場でかぶるものにしては華奢《きゃしゃ》すぎるし、前頭部が大きくてバランスが悪い。何に使うのか、見当もつかない。

「お目が高いね、エル。あれは万華鏡《まんげきょう》といって、芸術家がガラスに刻み込んだ風景を、まるで目の前にあるように、立体的に見ることのできる装置だよ」

「そんなものがあるの？」

「ああ。近くで見てみるかい？　実際にかぶってみてもいいしね。君の美しい顔が見られなくなるのは残念だけれど」

サイリュスがエレクトラの手を引き、店のほうへ連れていく。いつもならすぐに振り払うところだが、気づかなかった。緊張《きんちょう》と高揚《こうよう》で鼓動《こどう》がうるさい。

「やあロモロ、アデラ！　今日も今日とて、君たちのもとには珍品《ちんぴん》が集まるんだね。ちょっと見てっていいかな？」

「よう猊下《げいか》！　いらっしゃい」

友だちのように軽い調子でサイリュスが店の者たちに声をかけた。

ロモロと呼ばれた中年男性が手を上げて挨拶し、アデラと呼ばれた中年女性が「あら！」と声を出した。

「あらあら、なんて綺麗なお嬢《じょう》さんを連れてるんだい！　やるじゃないの、聖王様！」

「ははっ、だろう？」

「聖王様が女の子を連れてくるなんて初めてじゃないかい？　あ、まさかあれかい、お妃《きさき》さま候補ってやつかい！」

やり取りを興味深く聞いていたエレクトラだったが、さすがに『お妃さま候補』という単語には反応した。

「いえ、これには事情がありまして――」

「あっはっは、彼女は恥《は》ずかしがりやなんだ」

「ちょっと！」

「可愛《かわい》らしいねえ。なんにしろ、聖王様にいい人がいるってのは嬉《うれ》しいよ」

二人が本当に嬉しそうに笑ったので、それ以上は反論できなくなってしまった。反論する代わりに、こう尋《たず》ねることにした。

「あの……お二方は、猊下とよく話をされるのですか？」

二人がサイリュスと親しげなのが、少し気になっていた。

エレクトラは、祖国でも城下へ出たことはほとんどない。だが皇族と――ましてや聖王と、一般《いっぱん》市民との間に大きな壁《かべ》があることは知っている。

話をするどころか、顔を合わせることすら普《ふ》通《つう》はまずないはずだ。それが、こうして顔見知りになり、敬語を使わずにしゃべっているなんて。

エレクトラの常識からは、かなりかけ離《はな》れた光景だ。

「ええ！　猊下が殿下《でんか》と呼ばれていた、まだお小さいころから」

「ほんと、昔っから人懐《ひとなつ》っこい方でしたから。よく宮殿から一人で遊びに出てこられたもんです。そのたんびに、教育係やら近衛《このえ》兵やらに追いかけられてましたけれどねぇ」

「まあ……それは、ずいぶんとやんちゃでしたのね」

驚《おどろ》きながらサイリュスを見ると、彼は苦笑《くしょう》していた。

聖王という大きすぎる肩書《かたが》きに、飄々《ひょうひょう》として掴《つか》みづらい性格、人を寄せつけないほどの美貌《びぼう》。常人とは色々かけ離れすぎていて、彼の子ども時代など想像がつかなかった。だが話を聞くに、普通の子どもだったようだ。

まあ、当たり前といえば当たり前なのだが……。

「まあまあ、オレの話はいいじゃないか。それよりロモロ、ちょっくらその万華鏡を貸してくれないかい？　彼女が興味津々《きょうみしんしん》なようなんだ」

「ああもちろん、どうぞ！」

ロモロは兜のような形の万華鏡を貸してくれた。

「さあエル、つけてごらんよ」

「え……ええ」

不思議な気持ちのまま、おそるおそる万華鏡を被《かぶ》った。

するとそこには一面の花畑が広がっていて、エレクトラは感嘆《かんたん》の声を漏《も》らした。

――こんな、楽しむつもりで外に出たわけではなかった。

けれど街は賑《にぎ》やかで、華《はな》やいでいて、足音と笑い声であふれている。しかも目の前は花畑だ。この花畑の美しさには……抗《あらが》えない。

いくつもの感情がぶつかり合い、やがて頭の中はぼんやりとした。

しばらく大通りで雑貨を見た後、服を買いに行くことにした。エレクトラはまだぼんやりしていて、特に口を挟《はさ》むことはなかった。

「いやぁ、迷うなあ。君は素材がいいから何でも似合ってしまうね」

赤、黒、青、黄。店内のあらゆる服を手に取っては、エレクトラに当て、サイリュスは首をかしげた。

「こちらは清楚《せいそ》な印象で……あちらは少し妖艶《ようえん》かな？　うん、どれもこれも似合いそうだ。全部買っていくことにしよう！」

頭の中はまだ一面の花畑に揺《ゆ》られながら、エレクトラは彼が買ったドレスの一つを手に取り、なんとなく着替《きが》えた。

「うん、素敵《すてき》だ！　美人さんから可愛い子ちゃんになったって感じだね」

エレクトラが着たのは、普段《ふだん》のドレスよりいくつか多くリボンがあしらわれたものだった。こんなものを選んでいたのか、と今になって気づくが、まあ胸元《むなもと》はあまり開いていないからいいだろう。

その後、「オレも着替えてこようかな」と言ってサイリュスは消えていった。

エレクトラは壁に背を預けた。店の中からでも外のざわめきが聞こえてきて、自然と頬《ほお》が緩《ゆる》んでしまう。そうしてしばらく店内を眺《なが》めていたときだった。ふと、視線がある一点で止まったのは。

「……あ」

中央に小さなルビーの飾《かざ》りがついた、銀のペンダント。

砕《くだ》けてしまった父の形見に、よく似ている。

「どうかしたのかい、エル？」

知らない間にサイリュスが戻《もど》ってきていた。エレクトラの様子に気づいた彼は、彼女の

目線の先に目をやった。

「ああ。あのペンダントが気になるのか」

「いえ、別に――」

首を横に振《ふ》ったが、なかなか視線は離れなかった。

むしろ『お前の銀の髪《かみ》には、銀の飾りがよく似合う』という、かつての父の声がよみが

えり、ますます釘《くぎ》づけになってしまった。

「銀のチェーンが君によく似合いそうだね。ルビーも君の瞳《ひとみ》とそっくりだ。店主、あちら

も貰《もら》えるかな」

「かしこまりました。百二十万ラスになりますが、よろしいですか？」

「百二十万ラス……!?」

エレクトラは驚いて繰《く》り返した。世情に明るいわけではないが、パン一つが一ラス、花瓶《かびん》一つが十ラスくらいだということは知っている。

つまり百二十万ラスなんてとんでもない値段だ。

思わず、金貨の袋《ふくろ》を持ったサイリュスの手を上から押しつけた。

「いらないわ、そんなに高いもの」

「大丈夫《だいじょうぶ》だよ、お金ならある。それに、そもそも君のペンダントを壊《こわ》したのはオレだろう？　弁償《べんしょう》だと思ってくれ」

まあ確かに、ペンダントが壊れたのは彼の術を受けたせいだ。完全にそうだ。彼が術を放たなければ、大事な形見は今もエレクトラの胸元で輝《かがや》いていたはずだ。

「なら服はこの一着だけにして、他《ほか》のものは全部返して。それが条件よ」

「わかったよ、まじめなお嬢さん」

チャーミングに微笑《ほほえ》み、サイリュスはさっき買った他のドレスと、金の入った革袋《かわぶくろ》を店主に渡《わた》した。店主は金貨を数えて頷《うなず》いた後、飾ってあったペンダントを銀のトレイにのせてエレクトラに渡してくれた。

恐《おそ》る恐る受け取ると、しゃら、と華奢《きゃしゃ》な銀の鎖《くさり》が揺れた。

「せっかくだし、首にかけてみたらどうかな。ああ、自分じゃつけづらいか。オレがやろうか」

「いえ……慣れているから大丈夫よ」

震《ふる》える手でチェーンを外して、自分の首元にペンダントをかけた。

小さな重みがかかった瞬間《しゅんかん》、なくなったなにかが埋《う》まったかのように、しっくりする感覚があった。まるで、父の形見が戻ってきたような──

──いえ、違《ちが》う。これは父のペンダントとは違うわ。エレクトラは慌《あわ》てて首を横に振った。父のペンダントはもう少し飾りが小さかったし、全然違うわ……。

「ふふ、よかった。弁償ができて」

満足そうなサイリュスの呟《つぶや》きが、ふわりと頭の上を通り過ぎていった。

店を出たとき、サイリュスが着替えていることにようやく気づいた。

瀟洒《しょうしゃ》なブラウスに短いマント。全体的に白っぽい色でまとまっている。楽人のように軽《けい》妙《みょう》かつ風流な装《よそお》いで、世界最高峰《さいこうほう》の魔力《まりょく》を誇《ほこ》る聖王というよりは、まるで神話を語る吟遊《ぎんゆう》詩人のようだ。

付け襟《えり》で首元をぴっちりと覆《おお》っているのだけは、いつもと変わらないが。

潔癖症《けっぺきしょう》とかだろうか、と一瞬思いかけたが絶対に違う。潔癖症なら、こんなにやたらめったら近づいてはこないはずだ。

それからもサイリュスはエレクトラを連れて歩いた。周りの景色に気を取られ、いつしかエレクトラはなにかを言い返すこともなくなっていた。

やがて連れてこられたのは、大通りに面した飲食店だった。店先にバルコニーが広がり、洒落《しやれ》たテーブルと椅子《いす》がいくつも並べられている。

二人は陽光がさんさんと降り注ぐ白い椅子に腰《こし》かけた。

サイリュスがなにか注文し、数分後、なにやらいい匂《にお》いがしてきた。

「さあ、注文の品が来たよ」

彼はテーブルの上を指した。

りんごがたっぷり乗ったパイに、もりもりとクリームの乗ったプリン。チーズとレーズンをはさんだビスケットに、砂糖漬《さとうづ》けのレモン。他にもたくさん、たくさん。

エレクトラはごくりと唾《つば》を呑《の》んだ。

大盛りの菓子《かし》がテーブルいっぱいに並んでいる。

「おっと、いい顔になったね。甘いものは好きかい？　なんという、贅沢《ぜいたく》。それじゃあ、好きなだけ食べておくれ」

きらびやかな食べ物たちは、あますことなくエレクトラを誘惑《ゆうわく》した。

とはいえ、迷ってしまう。こんなに人の多い場所で、こんな量を食べてもいいものだろうか。一応、王族なのだし、威厳《いげん》は保たなければいけないし……。

「これ、全部食べて構わないのかしら……」

「大丈夫だとも。仮に君が少しふくよかになったところでオレは気にしないし、君が王女だと知っている者もいなそうだ」

そう言われ、改めて周りを見た。市民はみなこちらを見てはにこにこしているが、エレクトラの素性《すじよう》に気づいていそうな者はいない。

「そ、そうね」

少し考えた後、素直に頷《うなず》くことにした。少し頬を赤らめながら、フォークとナイフを手に取る。

実は、エレクトラは甘いものが大好きだ。贅沢品である菓子は、ミトスではほとんど食べさせてもらえなかったから、その反動でという経緯《けいい》がある。

そもそも彼女は食べる事自体にかなり積極的で、言ってしまえば食いしん坊《ぼう》だ。目の前に食べ物が出されると嬉《うれ》しい気持ちになるし、それが甘いものなら尚更《なおさら》だ。

エレクトラは恐る恐るりんごのパイを一切れ取った。クリームをすくって味わい、何層にも重なったパイを味わい、奥に眠《ねむ》る芳醇《ほうじゅん》なりんごを頬張《ほおば》った。

途端《とたん》に——。

「っ！」

口の中でなにかがぱちぱちとはじけたので、思わず声を漏《も》らした。サイリュスが「ははっ」と笑う。

「驚《おどろ》いたかい？　中にキャンディーが入っていて、それがはじけるんだ」

「キャンディーが？　はじけているの？　どうやって？」

「魔術を使ってキャンディーの中に炭酸を含《ふく》ませているんだよ。すごいだろう？　ああ、こっちのお茶も見てごらん」

サイリュスが盃《さかずき》を示した。お菓子に気を取られていたエレクトラは、初めて盃に目を落とした。すると盃の底に小さな花が咲《さ》いていた。

「まあ……！」

「内側に特殊《とくしゅ》な加工がしてあって、湯を注ぐと花が浮《う》き出るようになっているんだ。これも魔術を使った加工さ。ガラテアはこういう工芸品も豊富なんだよね」

誇りをもってサイリュスは言った。確かにこれは誇れる文化だ。敵国であっても。

さっきの兜《かぶと》型の万華鏡《まんげきよう》もそうだったが、ミトスでは見たことがない工芸品ばかりだ。それだけガラテアの技術力は高いということか。

考えてみれば工芸品だけではないかもしれない。

金樺宮にはかなり大きな浴場《テルマエ》があった。ミトスの宮殿《きゆうでん》にも浴場はあるが数は少ない。少なくとも客人専用にできるほどの数はないし、一つ一つがあんなに広くもない。

「ガラテアはどうしてここまで技術が発達しているのかしら。新しい国なのに」

「そうだね、優秀《ゆうしゆう》な技術者がいるってのもあるけど、あとは魔素が豊富ってところかな」

サイリュスは「ふふ」と自慢《じまん》げに自分を指さした。

「聖王がいれば世界中から呪素《じゅそ》が集まる。そして、それらの呪素は聖王を介《かい》して全《すべ》てが魔素に還元《かんげん》される。つまり聖王のいるガラテアは全世界のどこよりも魔素が豊富なんだ。技術も、工芸品も、全ては聖王のおかげってわけ」

なるほど、とエレクトラは頷いた。

聖王がいるから魔素が豊富、というのは考えたこともなかった。世界中から呪素が集まるのはマイナスな要素だけではなかったというわけだ。

「まあ皇帝《こうてい》陛下の悪事もそのせいだがね。中央炉《ろ》のような特殊な建造物も、聖王がいない国では造れないから」

「魔素が豊富だということは、それだけ色々なことができるというわけね。世の中をよくすることも、悪くすることも」

「そういうこと」

六国議会が聖王を持ち回り制にした本当の意味がわかった気がした。

持ち回りは、聖王という存在自体が強大だからだと思っていた。だが聖王を戴《いただ》く国自体が栄えるから、という意味合いもあるのだろう。

「それにしても、言い食べっぷりだね」

サイリュスがにこにこと笑いながら言った。エレクトラははっとして手を止めた。りんごパイが綺麗《きれい》に消え去っている。……さすがにがっつきすぎだろうか。

「いいよ、さっきも言っただろう。誰《だれ》も君を気にしてない」

──まあ、それもそうだ。エレクトラは吹《ふ》っ切れた。

「ところで、最近はよく眠れているかい？　生活の中で不自由していることはないかな？」

「特にないわ。捕虜《ほりょ》という境遇《きょうぐう》自体が不自由なことを除けばね」

「そうか。生活に問題がないならよかったよ」

エレクトラの皮肉を気にせず、サイリュスは微笑《ほほえ》んだ。

「お気に入りの人形を解放する、という選択肢《せんたくし》はないのかしら」

「君は人形じゃないよ。けれどまあ、今はまだそばにいてほしいかな。──さて、オレもパイを一ついただこうか」

サイリュスが皿に手を伸《の》ばした。ちょうどエレクトラも盃を取ろうとしていたので、たまたま二人の手と手がこつんと当たった。反射的にエレクトラは手を引っこめた。

だがその動きが素早すぎたのか、盃がころんと倒《たお》れて茶がこぼれてしまった。エレクトラは慌《あわ》てて手巾《ハンカチ》を取り出し、テーブルにこぼれた茶を拭《ふ》いた。

「あ──ごめん！」

サイリュスもすぐに気づき、店員に声をかけてテーブルを綺麗にしてもらい、盃を新しいものに変えてもらった。

　こうしてテーブルの危機は去った。

　エレクトラはほっとし、サイリュスは苦笑《くしょう》した。

「ごめんね、エル」

「いいわ、これくらい。私も驚きすぎてしまったし」

　手を引っこめたのは、淑女《しゅくじょ》としての尊厳と、乙女《おとめ》としての恥《は》じらいからだった。しかしさすがに慌てすぎてしまったかもしれない。

「いや、それでも謝らせて。なんというか今、改めて振《ふ》り返ってみて思ったんだ。もしかして今まで色々、嫌《いや》だったかなと思って」

……ん？

　違和感《いわかん》を覚え、エレクトラは思いっきり顔をしかめた。確かに彼は今まで何度もべたべた触《さわ》ってきた。しかしなぜ今になって急に改まっているのだろう。

「今、この一瞬《いっしゅん》で振り返ったの？」

「ああ、なんとなく。今さらだけれどね」

　本当に今さらだったので、エレクトラはため息をつき、ちくりと一言刺《さ》してやろうと思った。

「以前言っていただろう。ユリウスとかいう男のことを」

が——突然《とつぜん》その名が出てきたので、つい身体《からだ》が固まった。

「彼と君の間にはなにかあるのかなと思って。たとえば言い交《か》わした約束とか、婚約《こんやく》とか。そういうのがあるのなら、少し行動を改めたほうがいいかもしれないなって。その男より、オレのほうがいいと思ってもらえるように」

婚約、という言葉に鼓動《こどう》が跳《は》ねる。

……そうできていたら、どれほどよかったことだろう。

苦い思いが沸《わ》き上がり、エレクトラはなんともいえない顔になった。

しかしユリウスとのことについて、わざわざ言うべきだろうか。軽々しくする話ではないし、積極的に話したい内容でもない。まして相手は会うたび恋人《こいびと》ごっこのように愛をささやいてくるこの男だ。真摯《しんし》に対応する必要などあるのだろうか。

だが一方で、言ったらどんな反応をするのだろう、という気持ちもあった。

「残念ながら、彼とは何の約束もしていないわ」

結果的に興味が勝《まさ》ったので、真実を言うことにした。

「そうなの？　あの男、見る目がないな」

「彼を貶《おとし》めるのはやめなさい。そもそも見る目がどうこうという話ではないのよ。なぜなら彼は——」

告げるのには、ほんの少しの勇気が必要だった。

「……彼は、女王の伴侶《はんりょ》になる人なのよ。そして私は魔力《まりょく》を持たず女王にはなれない。私がどう思っていようと、そもそも私たちは結ばれる運命にないの」

エレクトラが彼を想《おも》っていることも、妹アイリーンの方がユリウスと結ばれる可能性が高いであろうことも、なんとなく察することのできる言葉だっただろう。

――反応は……どうだろうか。

窺《うかが》うようにサイリュスを見た。

そして少し驚いた。彼の表情は澄《す》んだ水面《みなも》のように冷静だった。からから様子も落ち込む様子もなく、ただただ中立的にエレクトラの言葉を聞いていた。

「そうか」

それから少し考え込み、思いもよらないことを言った。

「じゃあオレと同じか……いや、少し違《ちが》うかな？　どうだろう――」

予想外の反応にエレクトラは困惑《こんわく》した。

「同じ？　あなたには、なにかあったの？」

「んー」

慎重《しんちょう》に尋《たず》ねると、サイリュスは軽く目を伏《ふ》せた。気取らないその仕草は、聖王でも変質者でもなく、そのへんにいるごく普通《ふつう》の青年のように見えた。

「そうだね。オレも初恋《はつこい》は甘いよりも酸《す》っぱかったかもしれない」

彼がまじめに語り始めたので、エレクトラは無意識に姿勢を正した。

「相手は、幼い頃《ころ》からよく知っていた女の子だった。貴族の中でも上流の家柄《いえがら》で、宮殿によく出入りしてたんだよね。それで少しずつ仲良くなっていった」

――なるほど、自分とユリウスの関係性に似ているかもしれない。

「でもさ、そんな彼女があるときオレに言ったんだよね」

やや間が空いた。どうしたのだろうと思い、エレクトラの方から尋ねた。

「彼女は、何と言ったの？」

「かわいそう、って」

「かわいそう……？」

「誰しもあるだろう。少しホクロが大きいとか、ニキビができやすいとか。そういう弱点を告白してみたんだ。受け入れてくれるかなと思って。でもダメだった。それからだったかな。少しずつ彼女と距離《きょり》を取るようになったのは。で、自然に終わり」

なんと返すべきかわからず、エレクトラは黙《だま》った。

自分とは違う理由だが、歯がゆい失恋《しつれん》だ。それにもし自分が言われたらと思うと苦しくなる。魔力がないことを、ユリウスから『かわいそう』などと言われたら……。

「あはは。ごめん。葬式《そうしき》みたいな空気だね」

「いいえ。葬式ではこんなに素敵《すてき》なお菓子《かし》は出てこないわよ」

慰《なぐさ》めのように返した後、なぜだかふと、こんなことを言ってみたくなった。

「それに、この点に関してだけは同盟を組めそうだと思うわ」

「同盟？」

「ええ。初恋失恋同盟よ」

初恋失恋同盟。あまりに率直《そっちょく》な名づけにサイリュスは笑い、エレクトラ自身も少しだけ笑った。

嫌な思い出を話したはずだった。だがそういう経験が自分だけではないとわかると、なんだか少し心が軽くなった。

「はは、それはいいね。ならついでに結んでおきたい契約《けいやく》もあるんだけど」

「なにかしら」

「世間で『婚約』と呼ばれている契約だよ。聖騎士《きし》団長となにもないのなら、オレの妃《きさき》になってほしい。決して不自由な思いはさせないよ。好きなお菓子だって服だっていくらでも買ってあげるし、それになにより、世界で一番、君を愛してみせる」

サイリュスはいつものように優《やさ》しげな声で言った。

普段《ふだん》なら冗談《じょうだん》とすぐに受け流しただろう。けれどお互《たが》い苦い思い出について話した後だからだろうか、甘い一言に、ほんのわずかに心が揺《ゆ》れた。

——いや、どうせいつもの冗談だろう。

エレクトラは受け流そうとした。が……。

「ねえ、オレは本気で言っているよ」

彼が寂《さび》しそうな声で言ったので、レモンパイに伸《の》ばした手が止まった。

「君が好きだよ、エル」

エメラルドの瞳《ひとみ》は、まっすぐにこちらを見つめていた。

『君が好き』――その言葉が頭の中をかけ巡《めぐ》る。

言葉の意味はわかるが、具体的にはよく知らない。なぜなら、そんなことを言ってくれたのは、父だけだったから。

『いつでもお前を愛しているよ』『父はお前が大好きだよ、エル』――父は何度も言ってくれた。だがその父は八年前にいなくなり、『好き』という言葉はエレクトラとは無縁《むえん》のものになった。

だから理解するのに、ひどく時間がかかった。

「なにを……言っているの？」

「言葉の通りだよ。オレに傷をつけてくれたあの瞬間、君を一目で好きになった。一目惚《ひとめぼ》れなんだ。その気持ちは日に日に大きくなっている。本当に君が好きだよ」

心の中で相反する感情が渦巻《うずま》いた。

非常に彼らしい言葉だ。嘘《うそ》ではないと本能的にわかる。でも、こんな風に面と向かって

『好き』なんて言われたら……どうしたらいい？

「可愛《かわい》いね」

サイリュスが手を伸ばしてきた。

「悩《なや》む余地があるみたいで、嬉《うれ》しいよ」

「そ、そういうことではなく……」

普段なら彼の手を避《よ》けるのに、その判断すらできない。

「うん、大丈夫《だいじょうぶ》だよ。まだまだ悩んでくれていい。最終的にオレを愛してくれたら、それでいいんだ」

「………」

予想外に訪《おとず》れた甘い予感。自分には縁《えん》がないと思っていた『好き』という言葉。心の奥底で、いつか誰《だれ》かに言ってほしいと思っていた言葉。

――欲しいものは、いつだって手に入らない。

――だから、初めから望まない。

それがエレクトラの根本的な思想だ。それは、これからも変わるはずがない。決して変わるはずがないのだ。

そうわかっているのに、甘い言葉がじわじわと胸の中にしみ込んでいくのは、一体なぜなのだろう……。

「レモンパイがまだ残っているね。オレもいただいていいかな」

エレクトラが困惑しているのを見て、サイリュスは軽く言った。

ぼうっとしながらエレクトラもレモンパイを口に運んだ。パイの中に入ったキャンディーがぱちぱちと爽《さわ》やかにはじけた。


食べてもなくならないお菓子に、まぶしく降り注ぐ日光、にぎやかな人々の声。平和な昼下がりの時間が、のんびりと過ぎていく。

「こういう思い出をさ、たくさん作っていきたいよね。たくさん作って、幸せに愛し合っていきたいよね」

ふとサイリュスが言った。

確かに悪くはない時間だ。敵国でこんな穏《おだ》やかな日を過ごすことになるとは思わなかったし、こんなにたくさんのお菓子を食べられるのならとてもいいと思う。

ただ――

「何を言っているの。あなたはもうすぐ私に殺されるのでしょう?」

エレクトラは事実を述べた。彼は言った。中央炉破壊《ろはかい》ののちに殺してくれと。その未来は近くに迫《せま》っており、彼の寿命《じゅみょう》はすぐそこまできているはずだ。

エレクトラの言葉で思い出したように、彼はなぜかはっとした。

「ああ、そうか。そうだった」

エメラルドの瞳がどこか寂しげな色を灯《とも》した。

思えば『オレの妃になってほしい』というさっきの発言も矛盾《むじゅん》していた。そんな未来はどうやったって訪れないはずだ。さっきは動揺《どうよう》していたせいで、エレクトラ自身も気づかなかったが……。

複雑な気持ちで、サイリュスを見つめ返した。

「せいおうさま！」

二人の間に微妙《びみょう》な空気が漂《ただよ》っていたときだった。ふと誰かの声が聞こえた。見ると雑踏を縫って一人の女の子が駆《か》けてきていた。小さい女の子だ。年は七、八歳といったところだろうか。母親が後をついてきているのが微笑《ほほえ》ましい。

「おっと。こんにちは、小さなお姫様《ひめさま》」

親しげな態度でサイリュスは女の子に微笑んだ。その顔はもういつもの彼だ。

「ねえせいおうさま、花火みせて、花火！」

「オレの特技が見たいのかい？　もちろん、可愛いお姫様のためならね！」

花火？　何のことだろうと思っていると、サイリュスの指の先からしゅるると煙《けむり》が上がった。煙は天高く昇《のぼ》っていき、やがてぱあんと空に火花がはじけて、ぱちぱちと音を立てて光の花ができあがった。

女の子は「わあ！」と感嘆《かんたん》の声を上げ、通行人たちも足を止めて天を見た。

エレクトラも自然と空を眺《なが》めた。バラにグラジオラス、スイセンにアネモネ。どれもきらめく光によって、精巧《せいこう》な形で描《えが》かれている。

見事だ、とエレクトラは素直《すなお》に思った。花火は祖国でも見たことがあるが、こんなに繊《せん》細《さい》に描かれているものは見たことがない。

その反応に満足したのだろうか、サイリュスは続けていくつもの花火を作り出した。

あっという間に人だかりができ、その場は拍手《はくしゅ》に包まれた。みながサイリュスを見て「いいねえ！」「さすが聖王様！」などと口々に賞賛した。

光の花はガラテアの都を彩り、人々の顔を笑顔《えがお》に染めた。

すぐ近くから声がしたのに気づかなかったのは、エレクトラも見とれていたせいだろう。

何度目かの「おねえちゃん！」という声にようやくはっとして振《ふ》り返ると、さっきの女の子がこちらを見つめていた。

「ねえ、おねえちゃん！　すっごくきれいなペンダントだね！」

女の子はエレクトラの首元にあるペンダントを指さした。

「え、これ？」

「うん！」

「おねえちゃんもすっごくきれい！　おひめさまみたい！」

まっすぐにぶつけられる好意と賞賛。太陽のような笑顔にこちらも自然と笑みがこぼれてしまった。

「ありがとう。あなたもとっても可愛くて素敵だわ」

腕《うで》を伸ばし、女の子の茶色い髪《かみ》をさらりとなでた。女の子は「えへへ」と笑うと、満足した様子で母親のもとへ戻《もど》っていった。

――すっごくきれいなペンダント。

改めて胸元《むなもと》を見ると、自分の髪色とよく似た銀のチェーンがきらりと輝《かがや》き、自分の瞳とよく似たルビーが、角度を変えるたびに新しい輝きを放った。

――そうね、物に罪はないものね。

だがそう思うと同時に複雑な思いも湧《わ》いてきた。今までは、こんなに綺麗《きれい》な贈《おく》り物をしてくれたのは父だけだった。母は大切なものはなに一つ与《あた》えてはくれなかった。大切なものは全《すべ》て妹アイリーンに与えていた。

……ああ、そうか。またあそこに帰るのか。

自覚した途端《とたん》、心が重くなった。祖国へ帰ればこうして外へ出て歩くことはできなくなり、宮殿《きゅうでん》に閉じ込められるだけの重苦しい生活に戻ることになるだろう。

もちろん、それが祖国へ帰らない理由にはならないが……。

「さあみんな、散った散った！　花火はもう終わりだよ」

気づけばサイリュスが両手を振って人々に声をかけていた。

エレクトラがはっとして周りを見ると、ずらりと民衆に囲まれていた。彼らはみな好奇《こうき》の色をたたえてサイリュスとエレクトラの一対《つい》に目を向けている。

まずい、ものすごく見られている。

「聖王様のいい人について聞くらい、いいじゃないの！」

「どこのお姫様なんだい、ええ？」

「はは、君たちも好きだね。けれど頼《たの》むよ、彼女はここでは名もなき美女。そういうことにしておいてくれ。オレたちの未来のためにさ」

冗談《じょうだん》交じりに言い、軽くウインクまですると、民衆はヒューヒューと声を上げた。

よかった、これ以上注目されることはなさそうだ。まあ「邪魔《じゃま》しちゃいかんな」とか「楽しんでおくれよ」とか言われるのを聞くと、だいぶ複雑な気持ちになるが。

それにしても、やはりサイリュスと一般《いっぱん》市民の距離《きょり》は近いようだ。さっきの雑貨店の二人だけでなく、老若男女《ろうにゃくなんにょ》問わず、みな彼に好意的な視線を向けている。

サイリュスもそれが嬉しいかのように、ずっと笑顔だ。

実はこれが彼の本性《ほんしょう》だったりするのだろうか……？

誰《だれ》に対しても気取らず、親しげで、それでいて軽薄《けいはく》なわけでもない。人情的であり、楽しくしゃべって笑っている。その姿は非常に自然体で、今まで見た彼のどの姿より、気楽そうに見えた。

「いやあ、聖王様にはお妃《きさき》候補がおられて、次期皇帝《こうてい》候補には弟君のシャルロ皇子殿下がいらっしゃる。これからもガラテアは安泰《あんたい》だ！」

やがて一人の若者が言った。

知らない間に会話の流れが変わっていたようだ。つい聞き流しそうになったが、エレクトラはすぐに聞きとがめた。そして疑問に思った。

──次期皇帝候補には、弟君のシャルロ皇子殿下がいらっしゃる？

ガラテア帝国に、二人の皇子がいることは知っている。一人は目の前の胡散臭《うさんくさ》い男。第一皇子であり聖王でもあるサイリュス。

そしてもう一人は第二皇子シャルロ。だがシャルロが次期皇帝候補というのは初めて聞いた。てっきりサイリュスがなるものだと思っていたのだが。

「次期皇帝候補って、あなたではないの？」

気になって、エレクトラはサイリュスに尋《たず》ねた。

「ん？」

「さっきの人の言葉が気になったのよ。次期皇帝には、てっきり第一皇子のあなたがなるものだと思っていたけれど」

「ああ、それか。聖王とガラテア皇帝は別なんだ。考えてごらんよ。聖職者たる聖王の仕事に、国の全責任を負う皇帝の仕事、両方かけもちなんて大変すぎると思わないかい？」

「まあ、それはそうね」

それぞれの仕事を具体的には知らないが、重労働すぎるのは想像に難《かた》くない。

「ではガラテア国内における序列はどうなるのかしら。有事の際にはどちらの意思が優先されることになるの？」

個人的な興味でエレクトラは聞いた。

「そりゃ、祭祀《さいし》に関することならオレで、国内のことなら皇帝だろう。オレは六国が信奉《しんぽう》する万神殿の最上位だし、皇帝はガラテア帝国において最上位だ。同列に語れないから明確な序列はないよ。どちらが上でも下でもない」

サイリュスはなぜかこちらを見ずに言った。いつもべたべたしてくる彼にしては珍《めずら》しく、非常にさらっとした声色《こわいろ》だった。

どうしたのだろうか。ほんの少しの違和感《いわかん》を覚えていると、さっきの若者がまたサイリュスに声をかけた。

「そうだ猊下《げいか》、聖臨祭も楽しみにしてますよ！　城下はお祭り騒《さわ》ぎになるでしょうねえ～！」

「そうそう、その日は皇帝陛下のお計らいでみなにりんご酒がふるまわれるそうですし！猊下もえっと第二の儀式《ぎしき》、とかがあるんでしたっけ？　頑張《がんば》ってくださいね！」

――第二の儀式？

またしても知らない言葉が出てきた。話の流れからして、聖臨祭と同じ日に行われる儀式であろうことが窺《うかが》えるが。

「いやあ楽しみだなあ～。猊下のパレードなんかもあるんですか？」

「ないない。オレは神殿で退屈《たいくつ》な祈《いの》りを捧《ささ》げるばかりさ。ま、みなはオレのことなんか忘れて大いに楽しんでおくれよ」

「そんなこと言わないでくださいよ！　本当に聖王様がいてくれるおかげなんですから。俺たちがこんなに豊かに暮らせるのは。うちの工房《こうぼう》でたくさん壺《つぼ》が焼けるのも、豊富な魔《ま》素《そ》のおかげなんですから！」

「でも祭りが終わったら、確かしばらく神殿にこもられるんでしたっけ？　猊下に会えなくなるのは寂《さび》しいなあ」

注意深く話を聞いていると、またもや知らない事実が出てきた。

「え、聖王は神殿にこもるの？」

問いを漏《も》らすと、親切な若者がにっこりと微笑《ほほえ》んで答えてくれた。

「はい。聖王猊下には二つの儀式があって、二つ目を終えられるとしばらく神殿でのお勤めをされるようになるんですよ。ね、猊下」

「まあね」

サイリュスの返答はどこか気のないものだった。

「それまでに元気なお姿を見せに、また城下へいらしてくださいね！　うちの店の酒をふるまいますから！」

「うちの店にも！　たんと肉料理を用意して待ってますよー！」

「ありがとう。他《ほか》のみんなも。ありがとうね」

対応に疲《つか》れたのだろうか、サイリュスは無理やりのように話を終わらせた。何度も手を振《ふ》ると、民衆は名残惜《なごりお》しそうにしながらも少しずついなくなっていった。

人々がいなくなったころには太陽が傾《かたむ》きかけていた。夕日に照らされたサイリュスの顔には影《かげ》がかかり、エメラルドの瞳《ひとみ》がいつもよりくすんで見えた。

「こほん。しゃべりすぎて少し疲れたかもな。——さて」

彼は軽く手を上げて店主を呼び、金貨の袋《ふくろ》を渡《わた》した。店主はうやうやしく頭を下げると、感謝の言葉を言って去っていった。

「君も疲れただろう。帰ろうか」

「ええ」

頷《うなず》きながら、やはりなんだか変だ、と思った。

エレクトラは探《さぐ》るようにサイリュスを見つめたが、彼の瞳はずっと遠くを見つめていて、しばらくこちらを見ることはなかった。

「今日はありがとう。楽しかったね」

エレクトラの部屋まで帰ってくると、サイリュスは穏《おだ》やかに言った。

「なんて。いいよね、こういう恋人《こいびと》っぽい会話」

その声はもういつもの軽薄なトーンで、さっきの虚《うつ》ろな様子ではなかった。

――さっきのは、なんだったのだろうか。

エレクトラは考えた。最初に様子が変わったのは、弟のシャルロ皇子が次期皇帝候補だという話になったときだった。彼にしては珍しく、さらっとした声音《こわね》で答えたのだ。

次は第二の儀式とかいうものの話になったときだった。祭りが行われることを喜ぶ民衆とは正反対に、彼はどこか気のない様子だったのだ。

なにか不満なことでもあるのだろうか。もしくは不安？　いや怒《いか》り？

よく考えれば、弟が次期皇帝というのは兄からしたらおもしろくはないかもしれない。たとえ聖王という地位を持っていたとしても。

その気持ちはたぶん、エレクトラだからこそ理解できる。アイリーンが次期女王候補ではないかと噂《うわさ》されるたび、複雑な気持ちを抱《かか》えてきたから。

第二の儀式に関しては、あの若者の言葉がヒントになりそうだ。しばらく神殿にこもられる、とかいう。

しばらくというのがどの程度かはわからないが、神殿で祈りを捧げるという仕事は、皇帝の華《はな》やかな公務に比べれば退屈そうなものに思える。不満を持っていてもおかしくはない。

「少し聞きたいことがあるわ」

考えを整理し終えたエレクトラは椅子《いす》に腰《こし》かけ、サイリュスにも座るようなんとなく促《うなが》した。

「なんだい姫《ひめ》。オレにそんなに興味があるの？」

「ええ。あなたという人間から引き出せるだけの情報を引き出しておきたいわ」

「オレのことを愛するために？」

「いいえ。殺すために」

「そりゃあいいね。で、なにかな」

どう聞くか考えた後、エレクトラは端的《たんてき》にこう尋ねた。

「あなたは、皇帝になりたいと考えているの？」

「ほう。君の目にはオレが、そんなに権力に取りつかれているように見えるのかい」

尋ねられ、改めてサイリュスを見た。

彼は飄々《ひょうひょう》としていて、権力欲にみなぎる野心家というより、むしろ根なし草っぽく、権力に固執《こしつ》するタイプには思えない。

彼は見るたびに姿を変えるし、今の姿が真実だとは限らない。それでもやはり、彼は正義感を燃やすことはあっても、権力そのものを欲《ほっ》していることはなかったように思う。

「では、弟さんを嫌《きら》っている？」

「いいや？　シャルロはかわいい弟だよ。オレのことを尊敬してくれているし、優《やさ》しく非常にまじめだ。愛《いと》しく思うことはあっても、嫌ったりは絶対にしないさ」

サイリュスは微笑んでいる。その笑《え》みは民衆に向けるときと同じく穏やかで、嘘《うそ》をついているようには見えない。

ということは、だ。彼は皇帝《こうてい》になりたいという権力欲もなければ、弟を嫌っているわけでもない。彼にとっての悲しみは、弟に玉座を奪《うば》われることではないらしい。

ならば、次に聞くべきことは――

「問いを変えるわ。第二の儀式とは何？」

「ふむ」

「民衆の話を聞く限り、聖臨祭と同じ日に行われるみたいだけれど。儀式ではどんなことをするの？」

「別に、いつもと変わらないよ。退屈な祈りを捧《ささ》げるだけ」

「どんな目的で祈りを捧げるの？」

「うーん。説明が難しいけれど、聖王としての力を強くするため、というべきかな」

彼は淡々《たんたん》と説明を続けた。

「そもそも聖王には二つの儀式《ぎしき》が存在するのさ。まずは降臨祭《こうりんさい》。これは第一の儀式とも呼ばれている。前聖王から力を継承《けいしょう》するためのもので、オレは十年前に済ませている。この儀式で聖王としての力と立場を受け継《つ》いだ」

「ええ」

「そして数日後に迫《せま》った聖臨祭。これが第二の儀式だね。こちらは『完全なる聖王』になるためのもの、とされている」

「完全なる聖王？　初めて聞いたわ」

「そうかもしれない。公《おおやけ》にされていることではないから」

「完全なる聖王になると、何が変わるの？」

サイリュスは一瞬《いっしゅん》だけ黙《だま》った後、語り出した。

「能力が向上する、と言われているね。さらに強大な力を手に入れ、聖王としての役割もより強く果たせるようになる。今よりも大量の呪素《じゅそ》を魔素に変えられるようになるというわけだ」

彼の言葉は初めて知ることばかりだった。

二つの儀式があることも、完全なる聖王という言葉も聞いたことがない。

――それにしても……なんだろう。

サイリュスの様子を見ていたエレクトラは、どうしても違和感《いわかん》を覚えた。

言葉は流暢《りゅうちょう》で、おかしなところは少しもない。だがそれが逆に変だと思ったのだ。この男が冗談《じょうだん》を少しも挟《はさ》まず、まじめにつらつらと話すなんて。

以前ゴルゴンについて話した際だけはまじめだったが、あのときだって正義感のような、彼自身の感情というものが見て取れたはずだ。

だが今の彼からは何の感情も読み取れない。ただ淡々と、他人事《ひとごと》のように説明をしているだけだ。

そう、まるで自分と全く関係ない話をしているかのように。

「あなた自身は、どうなの？」

「うん？」

「あなたにとって、その儀式はどんな意味を持つの？」

微笑《ほほえ》んだまま、サイリュスはわずかに動きを止めた。

エメラルドの瞳がまた遠くを見つめようとしたので、エレクトラはテーブルの上にあるサイリュスの腕《うで》を掴《つか》み、こちらを向かせた。

無理やりにこちらに向いたエメラルドの瞳は――昏《くら》い色をしていた。

「特に何も」

どこまでも続く暗闇《くらやみ》。ぞっとするほど無感情なその色に、エレクトラは少しだけ身体《からだ》を震《ふる》わせた。

——この表情は、見覚えがある。

初めて戦場で出会ったときだ。

彼はあらゆる出来事に飽《あ》いて、憂鬱《ゆううつ》で、倦《う》んでいて。そしてなぜだか、殺してほしいと願うのだ。

最近はふざけた態度ばかりだったから、すっかり忘れてしまっていた。

そういえば彼は……本気で『殺してほしい』と望んでいるのだった。

本来なら人間が望むはずのないことを、彼は迫ってくる。意味のわからない恐《おそ》ろしい要求を、何の躊躇《ちゅうちょ》もなく口にする。

だが今になってまたその一面を見せたのはなぜだろう。

考え、やがてある考えに行き着いた。

「その儀式は、あなたが殺してほしい、と思う理由と関係があるの？」

しばらく間が空いた。

ふふ、と笑うような声が聞こえたが、エメラルドの瞳《ひとみ》は少しも笑っていなかった。ただ冥府《めいふ》へ続く穴のように、どこまでも昏い色をたたえている。

そして珍《めずら》しいことに、彼のほうからエレクトラの手を払《はら》って立ち上がった。その動きもどこか雑だった。

「当たり前に行われる儀式だから、別段なにかを思うこともない。それだけ。君が心配する必要はないさ」

「心配しているわけではないわ。知ろうとしているだけ。なぜあなたが殺してほしいと願うのか、知らずに殺すのはおかしな話だもの」

追いかけるようにして、エレクトラも立ち上がった。

「話して。儀式は、あなたが殺してほしい、という理由と関係があるの？」

逃《に》がすまいと、エレクトラはサイリュスの手を摑んだ。

それでも彼は何も言おうとする気配がなかったので、さらに手に力を入れることにした。

黒いチュニックに覆《おお》われたサイリュスの腕をがっちりと握《にぎ》りこむ。

すっと手を抜《ぬ》こうとするサイリュスと、逃がさないエレクトラ。

両者の力が拮抗《きっこう》したとき、黒い袖《そで》が少しずれて、彼の腕があらわになった。

それを見た瞬間、ぞわりと背中の毛が逆立った。

「おっと」

黒い袖の隙間《すきま》から出てきたのは――黒く石のような腕だった。

ところどころ尖《とが》った部分があり、石像のように硬く冷たい。

――なに、これは。

見ているものの正体を確かめようとしてさらに目を凝《こ》らしたが、サイリュスはすぐに袖を元どおりに戻《もど》してしまった。まるで何もなかったかのように。

「なに、今の……」

「なにって？」

「あなたの腕……どうしたというの。まるで石のような――」

そう言いかけて、はっとした。この世には黒石病という、濃《こ》い呪素を取りこみすぎると発症《はっしょう》する病がある。

もしかして、彼は――

「なにか、病気に？」

「いいや。別に」

興味がなさそうに、どうでもよさそうに彼は笑った。

「別に、って」

エレクトラの困惑《こんわく》は深まるばかりだった。

「もしかして、病気だから殺してほしいの？　苦痛から逃《のが》れたいから殺してほしいの？　ならば少しは理解できるかも――」

「できないよ」

サイリュスは即答《そくとう》した。

あまりの早さに一瞬びくりとし、彼の瞳を見てさらに背筋が震えた。

少しの共感も求めていない。理解なんかしてほしくない。ましてや、理解したふりなんてしようものなら絶対に許さない。冷え切ったエメラルドの瞳からは、そんな決意と絶望が見て取れた。

触《ふ》れてはいけない深淵《しんえん》。それを覗《のぞ》き見てしまったような感覚に襲《おそ》われた。

「アッハハハ!!」

突如《とつじょ》として、彼は笑った。

あらゆる反応を拒《こば》むような、からからに乾《かわ》いた笑いだった。砂漠《さばく》に吹《ふ》き荒《あ》れる風のように、どこへも行き着くことなく空中へと消えていく。

……ああ、また姿を変えてしまった。

まさしく煙《けむ》に巻かれたような気がして、なんともいえない脱力感《だつりょく》を覚えた。

「なんてね。ちょっとした冗談さ」

サイリュスは不気味な笑いをたたえたまま、吹けば飛ぶひとひらの葉のように儚《はかな》く言った。

「恋人《こいびと》ごっこはここでやめよう。さっきは、妃《きさき》になってくれなんて戯言《たわごと》を言って悪かったね。それじゃあ」

やがて彼は扉《とびら》の向こうへと消えていった。

彼が去ってしばらく経《た》っても、室内は重い空気のままだった。

どうして、今まで忘れていたのだろう。

表面でどんな笑《え》みを浮《う》かべていても、あの昏さだけは最初から変わっていなかった。彼の本質は、なに一つ変わってはいないのだ。

それに──恋人ごっこはここでやめよう、か。

彼がくれた『君が好き』という甘い言葉も、ただの『戯言』だったということか。彼にとっては、恋人ごっこの中の一つに過ぎなかったのか。

だとしたら、なんて空虚《くうきょ》なものに心を揺《ゆ》さぶられてしまったのだろう。

欲しいものは、いつだって手に入らないと知っていたのに。初めから望まないと決めていたのに。

なぜそんな簡単なことを、忘れてしまっていたのだろう。

仮初《かりそ》めの甘い関係は消え去った。本当は初めから、自分はただの捕虜《ほりょ》に過ぎなかったのだ。そんなことを、改めて思い知った。

§

風に吹かれ、消えていく儚い人影《ひとかげ》。その姿には覚えがある……。

「お父様。どうされたの、そのお手は」

十歳を迎《むか》える少し前、エレクトラは父に尋《たず》ねたことがあった。父の大きな腕《うで》に切り傷があることに気づいたのだ。

「ああ、これか。野営で魚をさばいたときについた傷だ。南の魚は生命力が強く鱗も硬《かた》い。少々油断して刃《は》を入れたら、思った以上の硬さで刃がはじき返されてしまった。だが、これくらいなんでもないさ」

「そうだったの。これからはお気をつけてね」

それから少し経った頃《ころ》、エレクトラはまた父に尋ねた。

「お父様。どうされたの、そのお顔の傷は」

父の頬《ほお》にかすり傷があることに気づいたのだ。美しい父の顔に傷がついているのは、もったいないとエレクトラは思った。

「ああ、これか。これは宰相殿《さいしょうどの》のお屋敷《やしき》に伺《うかが》ったときにできた傷だ。宰相殿の屋敷には、大きな犬がいるだろう？　あの犬に盛大《せいだい》にじゃれつかれてな、少し爪《つめ》がかすってしまったんだ。だが痛くもないし、なんでもないさ」

「そうなのね。痛くなかったのならよかったわ」

十歳のエレクトラには父の嘘《うそ》が見抜《みぬ》けなかった。父の言っていることが本当だと信じて疑わなかった。疑わなかったのを後悔《こうかい》したのは、父を失った後のことだった。

隠《かく》したいことがある人は本音を口にしない。

なにかを守るため、固く本音を閉じ込めてしまう。
本当は……何もないわけがないのに。
けれど、今になってそのことを思い出すのはなぜだろう。
なぜ父の顔と、あの男の顔が重なるのだろう。

4 § prophetia：かの叙事詩《じょじし》は悲劇に似たり

聖臨祭までの日々は少しずつ過ぎていった。

城下は賑《にぎ》わいを増し、宮殿《きゅうでん》では酒や食べ物の搬入《はんにゅう》が盛《さか》んになっている。さらに金樺宮内では、至るところに運命神イェレンの象徴《しょうちょう》である天秤《てんびん》の彫《ほ》り物と月桂樹《げっけいじゅ》の葉が飾《かざ》られて、まさに祭りといった様相を呈《てい》していった。

あれからサイリュスとは会っていない。

以前ならきっと、胡散臭《うさんくさ》い男と会う機会が減って気が楽だと思ったことだろう。だが今のエレクトラの内心は悶々《もんもん》としたものだった。

——これからどうするのかしら、私は。

金樺宮の一画を借り切って作った花園《はなぞの》に、彼女は座り込んでいた。

ジギタリスの葉に触れ、アブラムシがついていないか確認《かくにん》しては、また葉に触れてぼんやりと考え込む。

とりあえず決まっていることとしては、まず祖国へ帰ること。それがエレクトラにとって最善であり、祖国ミトスにとっても最善だ。

だがそれ以外のことがわからない。助けを乞《こ》うように父の顔を思い浮かべた。するとかつての偉大《いだい》な姿と、優《やさ》しい声が頭の中によみがえった。

『観察こそが最善の道だ。周囲をよくよく観察すれば、必ず好機は見えてくる』

そうだった。まずは観察し、理解すること。話はそれからだ。

数刻後、エレクトラはオニキスを伴《ともな》って部屋を出た。

ここで暮らしているうち、金樺宮は三つの施設《しせつ》で構成されていることがわかった。

一つは外来者や使用人たちの過ごす塔《とう》。エレクトラの部屋があるのもここだ。

もう一つは万神殿。運命の神イェレンを中心として、大陸中のあらゆる神々を祀《まつ》った神殿だ。聖王が仕える神殿で、ドーム状の建物が印象的である。

そして最後の一つが、真ん中に堂々と構えた小宮殿《しょうきゅうでん》。第一皇子であり聖王の暮らす場所だ。

観察すべきはここだろう。幸い、サイリュスは神殿で職務の真っ最中だ。衛兵さえ突破《とっぱ》してしまえば中を探《さぐ》ることは可能なはず。

そして、衛兵を突破する方法はというと――

「姫様《ひめさま》、お待たせいたしました」

エレクトラが小宮殿前のベンチで優雅《ゆうが》に腰《こし》かけていると、一人の衛兵が声をかけてきた。

いや、正しくは、衛兵の格好をしたオニキスが。

「似合っているわね、オニキス。今回もうまくしばけたみたいでなによりだわ」

「ええ。兵士相手とあれば力加減も無用でしたので。前回よりも遠慮《えんりょ》なくしばいて強奪《ごうだつ》することができました」

つい先ほど起こした事件について、主従は淡々《たんたん》と語った。

サイリュスの部屋に入るにあたっては、一つだけ気をつけたいことがあった。『サイリュスにだけは決してばれないようにする』ということだった。

見るたびに姿を変えるあの男。エレクトラがなにかを知ったとわかれば、また変わってしまう。だから極秘《ごくひ》に動きたい。

そこで思いついたのがオニキスに衛兵になってもらうことだった。

事実はどうあれ、一応ここでのエレクトラの扱《あつか》いは『客人』だ。小宮殿であっても、サイリュスの指示により衛兵に伴われて招かれた、という形なら異常事態とはみなされない。

「それでは行きましょうか」

「は」

衛兵っぽさを意識したきびきびした動きで、オニキスはエレクトラの前を歩いた。

途中《とちゅう》で何人かの使用人と衛兵に出会ったが、彼らが警戒《けいかい》する様子はなく、計算通りすんなりと小宮殿に入ることができた。

小宮殿はかなりの広さがあったが、こういった建物には決まりがある。主《あるじ》の部屋は最も奥まった場所にあるのだ。

エレクトラは迷いなく進み、すぐに目的の場所へとたどり着いた。

ひときわ大きく立派な木製の扉《とびら》。オニキスが開いてくれた扉をくぐると、間違《まちが》いなく主の部屋であろう空間が広がっていた。皇族以外が使うわけがないと思われる、大きすぎる執務《しつむ》机に、装飾《そうしょく》過多の大きな椅子《いす》。

「探ってみるわ。あなたは外を警戒していて」

オニキスに指示し、エレクトラは一人で中へと入った。

部屋にはたくさんの物があった。

サイリュスの趣味《しゅみ》だろうか、キタラのような弦楽器《げんがっき》に、アウロスのような笛、水煙草《みずたばこ》らしきもの。あとは、彼が描《か》いたのか——木炭で描かれた、女性の素描《そびょう》がある。タイトルだろうか、端《はし》の方には『運命の人』と書いてあった。

絵の中の女性はゆるやかなウェーブの髪《かみ》をしていて、首元には見覚えのあるペンダントがついている。自分の首にかかっているペンダントと同じだ……。

ぞっとして、エレクトラは絵画から距離《きょり》を取った。見なかったことにしよう。

改めて、まじめに探し物をしようと決心する。

どうやらここは書斎《しょさい》のようだ。執務机があるし、机の上には書類が山と積まれている。

壁際《かべぎわ》には本棚《ほんだな》が並んでいて、本がびっちりと詰《つ》まっていた。

これはかなり探りがいがあるが……もしや、探りがいがありすぎるのでは？

「……少し、本が嫌《きら》いになってきたわね」

絶望的なのはここがまだ書斎だということだ。まずは全体を把握《はあく》した方がいいかもしれないと思ったので、他《ほか》の部屋も見てみることにした。

だがすぐにその選択《せんたく》を後悔することになった。

隣《となり》の部屋には成人男性が四人くらい寝《ね》られそうな天蓋《てんがい》付きの寝台《しんだい》と小さな机、椅子があり、それから……ああ。またしても壁にずらりと並んだ本棚だ。

本棚。本棚。本棚。こんなにも本を置く必要があるだろうか。

どんどん絶望感が増してきて、もはや寝台に寝そべりたくなってきた。かなり寝心地《ねごこち》がよさそうで、あの男が寝ている場所でさえなければ突《つ》っ伏《ぷ》していたかもしれない。

エレクトラは現実逃避《とうひ》気味にため息をつき、しばらく呆然《ぼうぜん》とした。

寝台の枕元《まくらもと》になにかが置いてあるのに気づいたのは、ため息をついた後だった。手帳とペン、それから手紙と思わしきものが、枕元に転がっている。

「手帳……？」

サイリュスのもの、だろうか。

使い込まれた手帳を見ながらエレクトラは悩《なや》んだ。

人の秘密に立ち入りすぎてはいけないと、かつて父に教わった。自分だって踏《ふ》み入れられたくないし、それは非常によくわかる。

だが今は探らなければならない。

罪悪感を覚えつつ、エレクトラは手帳を手に取った。なじんだ革《かわ》の表紙をめくり、ぱらぱらと中を見る。

頭に日付が書いてあって、その下にそれぞれ日記なりメモ書きがついている。ページを古い日付から辿っていき、それらしいなにかを探すことにした。

それらしいなにか——サイリュスが殺されたい理由に関するなにかを。

ぱらぱらとめくるうち、あるページに目が留まった。

『ラブラス将軍から聞いたこと』——

捕虜《ほりょ》になった将軍から、なにか聞いていたのか。殺されたい理由とは関係なさそうだが、二人が何を話したのかは気になる。軽く目を通してみることにした。

・ラブラス将軍から聞いたこと
ミトス女王は戦場にエルを置き去りにする計画をしていた。信じられない。兵に裏切らせ、浜《はま》に孤立《こりつ》させようとしていたらしい。私との戦闘《せんとう》になった折にうやむやになったらしいが、将軍いわく、女王はエルを殺す意図だったとのこと。……くそだ。

「え……」

エレクトラは呆然と声を漏《も》らした。

手帳を取り落としそうになったので、すぐに支えた。だが安堵《あんど》するどころか、どくどくと鼓動《こどう》が速まっていく。じわりと嫌《いや》な汗《あせ》がにじんでくる。

『女王はエルを殺す意図だった』？

……いや、大丈夫《だいじょうぶ》。落ち着け。落ち着け。

エレクトラは自分に言い聞かせた。混乱しそうになる頭の中で、かつて将軍が言いかけた言葉が響《ひび》いた。

『その、畏《おそ》れながら……殿下《でんか》に人質《ひとじち》としての価値があるかどうか――』

あの言葉はもしかして、これが関係していたのか？

エレクトラを戦場に置き去りにし、いずれ満潮になるはずの浜で見殺しにしようとしていたという計画――なるほど、これを知っていたから将軍はああ言ったのか。人質としての価値などないと言ったわけか。なるほど、なるほど。

不可解だったものが、繋《つな》がっていく。

サイリュスに関してもそうかもしれない。彼は外に出ることを勧《すす》めなかった。外に出ることに言及《げんきゅう》すると、なぜかこのように言ったのだ。

『この金樺宮より外には出ないように。あくまでオレの目の届く範囲《はんい》で頼《たの》むよ』

『うーん。君にとって、それがいいとは思えないけどね』

もしあれらの言葉にも意味があったなら……。

いや、わからない。彼のことだ、適当に言っただけという可能性は十分にある。

とにかく最悪なのは、この内容が本当だと信じられてしまうこと。母が自分を殺そうとした事実を、すんなり受け入れられてしまうことだ。

……ああ、頭が痛い。

エレクトラ自身、ずっとこの可能性について考えてきた。

母が戦《いくさ》に出す理由は、合法的に自分を殺すためではないのかと。しかしまさか自然に死ぬことを望むのではなく、意図的に殺そうとしていたとは。

笑いのようなため息のような、よくわからない声が出た。こんな事実と直面するはずではなかった。こんな嫌な現実と直面するはずではなかった。それなのに。

エレクトラは頭《かぶり》を振《ふ》った。

――違《ちが》う。こんなことを考えている場合じゃない。今は他にやることがあるのだ。

これ以上は後で考えるべきだと思い、痛む頭から手を離《はな》してページをめくった。
・死ぬ前にやっておくこと

私が死んだら金樺宮も私のものではなくなる。そしてミトスももはや彼女の帰るべき場所ではない。つまりエルは帰る場所がない。場所を用意することが必要だ。アステルに私の領地がある。あそこなら屋敷《やしき》を用意できるか？

死ぬ前にやっておくこと——それはなんだかどっと疲《つか》れる言葉だったので、どうしても見逃《みのが》すことができなかった。

何だろう。感傷だろうか、これは。

自分の死についての記述を見たばかりだからかもしれない。死というものがより身近に、現実的なものとして伝わってくるのは。

記述によると、どうやら彼は本当に現実的に死のうとしていて、身辺整理もしようとしているらしい。

それは一体どういう気持ちなのだろう。悲しいのだろうか。はたまた嬉《うれ》しいのだろうか。

記述については、他にも気になることがあった。

『ミトスももはや彼女の帰るべき場所ではない』——これは間違《まちが》いないのだろう。

母がエレクトラを殺そうとしていたなら絶対に帰るべきではない。帰ったとして安全は保障されないだろうし、死ぬのが少し先延ばしになるだけだ。

そんなエレクトラに、サイリュスはアステルという場所の屋敷を用意しようとしているようだが……。
いや、ちょっと待った。
違和感《いわかん》を覚え、エレクトラは眉《まゆ》をひそめた。
おかしい。サイリュス自身は死ぬつもりなのに、一丁前に他人の心配だけはしていると
いうのか。
それは変だ。他人の心配ができるなら、自分の心配だってできるはずなのに。なぜそう
しないのだろう。なぜ自分だけは死へ向かおうとするのだろう。なぜ生きて幸せを摑《つか》もう
としないのだろう。
……ああ、なんだかもやもやする。
気持ちを落ち着かせるため、エレクトラは深呼吸をした。
思うことは色々ある。だが目的を思い出さなければ。知りたいのは彼が殺されたい理由
だ。エレクトラはさらにページをめくることにした。

・終わったことと今後のこと
アステルに屋敷と使用人を用意した。エルと守護騎士《きし》にはそこに逃《に》げてもらうよう伝え
よう。一応手紙などを用意した方がいいか。これでエルは安全に暮らせる。そうだ、手紙
といえばシャルロからも私宛《あ》てに届いていたな。……ごめんよ、可愛《かわい》いシャルロ。

――可愛いシャルロ。どこか哀愁漂《あいしゅうただよ》う文字に、どっと力が抜《ぬ》けた。

「なんなの、さっきから……」

サイリュスの弟である第二皇子シャルロ。次期皇帝《こうてい》だといわれているシャルロ。

なぜ彼はその弟に謝っているのだろう。自分は死んで彼だけを残してしまうことか。皇帝という重荷を背負わせることか。それとも単に悲しませてしまうことか。

わからない、何も……。

とうとうエレクトラは手帳を閉じた。読んでいるとどんどんサイリュスの死が現実味を帯びてくる。虚無感《きょむかん》が押し寄せてきて、おかしな気持ちになってくる。

まだ全く真実にたどり着いていないのに。

まだ何も彼のことがわかっていないのに。

「なぜあなたは死ぬことばかりを考えているの……」

理解を拒《こば》む冷え切ったエメラルドの瞳《ひとみ》。石像のように硬く冷たい肌。その中にあるであろう固く閉じられた心。

考えてみれば、彼が手帳に記すはずがなかったのかもしれない。彼自身の思うことについて、人に見られるかもしれない場所に。

それなら、どうしたらいい。

答えは一体どこにある。ここにある本すべてを開いて、一ページずつめくってみろとでもいうのか。いや、それでもわからないような気がする。彼自身が他者に気持ちを伝えようとする気がない限り。

そう、彼自身の言葉では……。

考えて、はっとした。そうだ、手紙だ。

慌《あわ》てて寝台《しんだい》の枕元《まくらもと》を見ると、上質な羊皮紙のぐるぐると巻かれた手紙があった。

彼自身が書いたものでないのなら、可能性があるかもしれない。エレクトラは手紙を開くことにした。

親愛なる兄上へ

兄上へ、という言葉で察した。サイリュスの弟シャルロが書いたもののようだ。宛名《あてな》の文字は少しだけ震《ふる》えている。エレクトラは先を目で追った。

先日、司祭の一人から話を聞きました。

兄上、私は全てを知ってしまいました。

どうか聖王など今すぐやめてください。聖臨祭など放《ほう》って、今すぐにこの国から逃げてください。父上のもとから去ってください。

兄上があんな風になるだなんて僕は耐《た》えられない。聖臨祭は聖なる儀式《ぎしき》だと聞いていたのに……ああ僕は、兄上には兄上のままでいてほしい。聖王なんて必要ない。兄上が聖王であり続ける必要なんてない。兄上が犠牲《ぎせい》になる必要などどこにもない。

どうかこの思いが兄上に伝わりますように。兄上がいつまでも心安らかに幸せに暮らせますように。

シャルロはいつでも兄上を思っております。どうか、すぐにお逃げください。

あなたの弟シャルロより

手紙を持つ手が震えた。慌てて支えようとしたが、うまくいかずに取り落としてしまった。羊皮紙が床《ゆか》に落ちる音がする。

……これは、なに。

混乱すると同時に、とうとう核心《かくしん》に触《ふ》れたかもしれない、という思いがあった。あんな風に——それは、サイリュスの腕を見てエレクトラも思ったことだったから。

たぶんこれではないだろうか。サイリュスが殺してほしいと願う理由は。

ただ『犠牲』という言葉がわからない。彼があああなったのは、なにかの犠牲になったたからだとでもいうのか。それとも、これからそうなっていくというのか。

明確にはわからないが、推定できてしまうこともあった。

聖王であり続けた末路は……どうやら明るいものではないらしい。

エレクトラは手紙を拾い、丁寧《ていねい》に巻いた。

聖王の末路から逃《のが》れるためにシャルロは逃げることを勧《すす》めているが、サイリュスは正反対に死ぬことばかりを考えている。明るくない未来があるのなら、シャルロの言う通り逃げればいい話ではないのか。

いや、そんな簡単な話ではないのか。


『振り返るな！　走れ！』

突如《とつじょ》、記憶《きおく》がフラッシュバックして、大きく鼓動《こどう》が跳《は》ねた。

『退路は確保してある！　逃げるんだ、エル！』

父の声が聞こえる。誰《だれ》よりも勇ましく頼《たの》もしい声が。

『大丈夫《だいじょうぶ》だ！　お前のことは必ずこの父が守る！』

だが声は徐々《じょじょ》に遠ざかり、何も聞こえなくなってしまった。


……そうか。

……そういうこともあるのか。

思えば父の末路もそうだった。避《さ》けられるものではなかった。もしサイリュスの運命もそうだとしたら、死を望むのも仕方がないのかもしれない。

けれど、やり方も似ているなんて皮肉じゃないか。

父はエレクトラに都合の悪いことは全て隠《かく》していたし、エレクトラのために退路もきちんと確保してくれていた。なのに自身のことなど考えていなかった。考えていたとしても、決して悟《さと》られまいとしたし、エレクトラを傷つけないよう立ち回った。

その結果、エレクトラは父を守れなかった。

なんだか、サイリュスもそうしているような気がする。

エレクトラには一言も言わなかったのに、どうやら内密に屋敷《やしき》を用意しているらしい。将軍から聞いたことを言わなかったのもそうだろう。母に見捨てられていた事実を知らせず、あくまで客人としてもてなしたのも。

知らないのは自分だけ。自分の知らないところでだけ、悪いものが進行している。

以前、父と彼の顔が重なった理由が今わかった。

あのときからの悪い夢は、まだ続いているというわけだ。

以前は防げなかった。今回は……どうすればいいのだろう。

§

——祭り。儀式。伝統。歴史。

自室へ帰ってからも、嫌《いや》な言葉は頭の中をぐるぐる回った。

夜になり、眠《ねむ》ろうと寝台に横たわっても思考はめぐり続け、やがてエレクトラは悪い夢の中へと落ちていった。

「どうだ、エレクトラ王女のご容態は」

「残念ながら、依然《いぜん》として優《すぐ》れぬな」

父アガメムノンが、当時の宰相《さいしょう》と話している。ちなみに当時の宰相は、ユリウスの父親だ。

「この状態で儀式は難しい。延期したい旨《むね》、女王陛下にお伝えしておいてくれ」

「だがすでに一度延期しているのだぞ。二度目はならん。陛下もそう仰《おお》せになるはずだ」

「仕方がなかろう、熱が出ているのだ。無理はさせられん」

宰相の声には咎《とが》めるような響《ひび》きがあったが、父も譲《ゆず》らなかった。

満十歳になったばかりのエレクトラは、その会話を扉越《とびらご》しに聞いていた。

ミトスの女性王族には、『顕花《けんか》の儀《ぎ》』と呼ばれる儀式がある。王族として臣下に力を示すためのものだ。

満十歳になったのち、最初に迎《むか》えた満月の夜に、天に向かって魔力《まりょく》を放ち、鈴蘭《すずらん》の花を描《えが》くことができれば儀式は成功となり、一人前の王族として認められる。

多少の鍛錬《たんれん》は必要だが、それほど難しいことではない。十歳の子どもが描くものであるため、少し拙《つたな》くとも形を保てていれば問題はない。

とはいえ、あくまでも魔力を使える者の話だ。

魔力を扱《あつか》えないエレクトラにとっては、この儀式こそが人生最大の壁《かべ》だった。出ようものなら一目瞭然で『無能』であることがばれてしまう。

だから父は頑《かたく》なに儀式を拒《きょ》否《ひ》した。

実際に一度目は仮病《けびょう》により延期することができた。だが二度目となると簡単にはいかない。なにより疑われる。

「本当に不調、なのだろうな」

厳しく宰相が言った。エレクトラの鼓動が一気に跳ねた。

「何が言いたい」

「お前が四六時中つきっきりで、公《おおやけ》の場にもめったに顔を出さん。加えて顕花の儀を延期。はっきり言っておくぞ、疑っている者はいる。エレクトラ姫《ひめ》にはなにか秘密があるのではないかとな」

「馬鹿《ばか》なことを。秘密などあるものか。お前も子を持つ身なら、どうかわかってくれ。私は娘《むすめ》のことが心配なだけだと。頼む、テシオス」

父が断固として言うと、宰相は深いため息をつき、やがて去っていった。

しかしエレクトラの鼓動はどくどくと落ち着かなかった。不安な気持ちでいっぱいになっていたとき、部屋の扉が開いて父が中へ入ってきた。

「――大丈夫だよ、エル」

エレクトラがなにかを言うより早く、父はすぐに抱《だ》きしめてくれた。温かく強い腕《うで》に包まれると、鼓動は少しずつ落ち着いていった。

「儀式のことはなんとかする。私からも女王に説明をして延期をお願いするし、延期が無理なら儀式をなくせばいい。なに、この父は王配であり、この国で二番目に偉《えら》いのだ。娘のために新たな法律を作ることくらいできるさ。お前が心配することは何もない」

エレクトラが賢《かしこ》い子であることをわかっていたのだろう。父はいつも具体的な言葉を使って説明をしてくれた。だからこそ説得力があり、エレクトラは本質に気づけなかったのだ。

「それに父だけではない。お前には心強い味方がいるぞ。ほら、これだ」

エレクトラが落ち着いた頃《ころ》、父は懐《ふところ》からあるものを取り出した。銀の鎖《くさり》がしゃらりと揺《ゆ》れる。

「お守りの役割も兼《か》ねた、強い強いペンダントだ。もし父がいないときに怖《こわ》いことがあっても、このペンダントが守ってくれる。必ずつけていなさい。万一にもお前の『特性』が知られても、利用されることは――……いや」

父はなにかを言いかけたが、その声はすぐに小さくなり、聞き取ることはできなくなった。

「どうだ、綺麗《きれい》だろう？」

エレクトラは頷《うなず》いた。首元で揺れる銀の鎖は星のようだった。

父からあんなに綺麗な贈《おく》り物をしてもらえて、嬉《うれ》しかったのを覚えている。

けれど……ああ。嬉しい気持ちはほんのひとときだった。このとき覚えた嫌な予感は、確実に膨《ふく》らんでいくことになったのだ。

§

はっとして、エレクトラは目を開いた。

首を伝う冷や汗《あせ》が気持ち悪く、すぐに枕元《まくらもと》の手巾《ハンカチ》で拭《ふ》き取った。しかし鼓動《こどう》は速く、なかなか身体《からだ》は落ち着いてくれない。

――顕花の儀。

人生の中で、正真正銘《しょうしんしょうめい》、最悪の出来事だった。『無能』が知られ、宮殿《きゅうでん》に閉じ込められるようになったのもあれからだし、なにより父の死へ繋《つな》がったのも……。

悪夢を振《ふ》り払《はら》うように、エレクトラは首を横に振った。

しかし恐《おそ》ろしい悪夢はこびりついて、なかなか離《はな》れてくれなかった。夜の暗さに押しつぶされ、悪夢はやがて嫌な予感へと行き着いた。

――もし私にとっての顕花の儀と、サイリュスにとっての聖臨祭が同じだったら。

苦い気持ちが胸の中に広がり、息が詰《つ》まるような感じがした。

いてもたってもいられなくなったエレクトラは、気づけば立ち上がっていて、うろうろとその場を歩き回っていた。

散歩でもすれば、少しは気がまぎれるかもしれない。

思い立って、すぐにクローゼットを開けた。ケープを取り出して羽織り、留め具をきっちり留めて、念のためサッシュに剣《けん》を差してから廊下《ろうか》へ出た。

夜の空気は冷えていた。

ひやりとした空気が肺に満ちると、頭は少しだけ冷静になった。

青みがかった月は西へと傾《かたむ》きかけていた。夜中から明け方にかけてのこの時間は、衛兵がところどころにいるだけで、侍女《じじょ》や小姓《こしょう》の姿はない。聖臨祭を彩《いろど》ろうとする天秤《てんびん》の飾《かざ》りも月桂樹《げっけいじゅ》の葉も、夜風を受けて静かに揺れているだけだ。

ときたま衛兵がこちらを見たが、エレクトラだとわかると軽く礼をしてくれて、特に咎めたりはしなかった。

奥まった場所にある聖王の小宮殿には明かりが点《つ》いていた。世界にたった一人の聖王を守るため、今も衛兵が多く詰めているのだろう。

そして意外なことに、神殿も明るい光で満ちていた。

こんな時間でも神官たちは祈《いの》りを捧《ささ》げたりしているのだろうか。前に自室から見たときはこんなに明るくなかったはずだが、聖臨祭の準備で忙《いそが》しかったりするのかもしれない。

冷静になった心は今度は温かな光を求めた。足は自然と神殿へ向かい、石畳《いしだたみ》を一歩一歩と進んで、やがて大きな石柱の前まで来た。石柱にはかがり火がたかれていたので、少し冷えた指先を温めようかと思って手を伸《の》ばした。

だがそのとき、予想もしないことが起きた。

かがり火の方へかかげた手が、なにかにこつんと当たったのだ。

かがり火と手の間には何もないのに、だ。不思議に思ってもう一度手を伸ばすと、手は透明《とうめい》なにかに触《ふ》れていることがわかった。

――どういうこと？

エレクトラは改めてそれに触れた。それは、手で見えない壁のようななにかであることがわかった。

確かめるようにゆっくりと手で伝っていく。かなり大きいようだ。ぐるりと城壁《じょうへき》のように、神殿の周りを囲っている。

「バリアでも張られているというの……？」

そうとしか考えられない。

だが、なぜだろう。以前気まぐれに神殿を訪《おとず》れたときには、こんなものはなかったはずだ。

外来者を拒《こば》むかのように張られたバリア。夜中なのに明るい神殿。

なんらかの意図があるように思えてしまう。中を見られないかと思って、エレクトラは神殿の周りを歩いた。

だがバリアの外からでは中の様子は全くわからなかった。

どうしようか。入る方法ならありそうだが。

エレクトラはサッシュに差した剣を見た。無効の力を使えば、きっとバリアは破れるだろう。

――よし。

心を決め、エレクトラは剣を構えた。

鋭《するど》い切っ先がバリアを切り裂《さ》き、パリン、と小気味いい音がする。剣を戻《もど》し、手を伸ばして確認《かくにん》してみると、見えない壁《かべ》はもうそこにはなかった。

成功したみたいだ。慎重《しんちょう》に、ゆっくり中へ入ってみることにする。

大きな石柱をいくつか通り過ぎると、ドーム状の神殿内が見えてきた。誰《だれ》も気づいていないうちにと、エレクトラは壁際《かべぎわ》に身を隠《かく》して中を窺《うかが》うことにした。

ドーム状の神殿内には、真夜中だというのに多くの神官たちが詰めていることがわかった。ぎっちりと並んだ彼らはみな一様に中央のなにかを見ている。

なにか儀式《ぎしき》のようなものを行っているようだ。

だが、こんな時間に何の儀式を？

疑問に思っていると、やがて司祭が低く唱える声が聞こえてきた。

「司祭並びに神官一同、前代聖王猊下《げいか》に最後のご挨拶《あいさつ》を申し奉《たてまつ》ります」

「申し奉ります」

司祭の後に、神官たちが重苦しい声で言った。

エレクトラは眉根《まゆね》を寄せた。集団で唱えられる声はどれもこれも低く、まるで葬式《そうしき》で読み上げる経文《きょうもん》のような響《ひび》きだ。

なんだろう、本能的に気味が悪いと感じてしまう。

やたらと低い声音《こわね》のせいだろうか、言葉もまた聞き慣れない呪文《じゅもん》のようなものだった気がするが……。

そこまで思って、はっとした。

――今、彼らはなんと言った？

――前代聖王猊下に最後のご挨拶を申し奉ります、だって？

エレクトラは改めて目を凝《こ》らした。

神官たちが見ているのは中央にある台座で、その上にはさらに白い箱が置いてある。彼らはみなその箱に向けて指を折り、運命神イェレンを敬う仕草を取っていた。

ちょうど人ひとりが入れるくらいの箱に、まるで神が眠《ねむ》っているかのように。

……いや、奇妙《きみよう》だ、これは。

十二神を祀《まつ》るこの神殿には、ちょうど十二体の神像がある。祈りを捧げるときはそれらの神像に向けて祈るのが普通《ふつう》だ。あんな箱に祈る姿など見たことがない。

あの箱が特別だというのか？

であれば、あの箱は一体……？

考えていたとき、再び呪文のような司祭の声が響いた。

「常《とこ》しえの安寧《あんねい》を願い、聖秘物たる御身《おんみ》より、最後の生血を頂戴《ちょうだい》いたします」

「頂戴いたします」

今度こそ、耳を疑った。

さすがに聞き間違《まちが》いだろうか、とも思った。

しかし司祭たちの行動を見続けているうち、奇怪《きかい》すぎる光景が目に入ってしまった。司祭の一人が箱の中に手を入れ、なにやらごそごそと手を動かしたのだ。周りの神官たちが経文を唱え続ける中、やがて司祭はガラス瓶《びん》のようななにかを取り出した。

見ているうち、ガラス瓶は注射器であることがわかった。

中には……赤黒い液体が入っている。

エレクトラは思わず後ずさった。

――なに、この異様な光景は。

頭の中は混乱でいっぱいになった。どうすればいいかわからない。一歩下がり、一歩踏《ふ》み出し、また一歩下がった。そうして心を落ち着けようと努めた。

白い箱と謎《なぞ》の液体。不気味な経文。このまま見続けるべきか、退くべきか。

二択《たく》を迫《せま》られていた、そのとき。

「……嫌《いや》だよね。本当に」

突如《とつじょ》、耳元でささやく声が聞こえたので、エレクトラは大きくのけぞった。

反射的に声を出しそうになったのはこらえたが、姿勢はそのまま崩《くず》れてしまった。危《あや》うく転びかけたとき、声の主が手を出し、腕《うで》を引いた。

なんとか立ち直ることに成功したのち、人影《ひとかげ》に目をやる。

手を引いたのはサイリュスだった。

いつもよりシンプルな黒いローブをまとった彼は、そのままエレクトラの隣《となり》に立った。

エレクトラと同じように神殿の中を見て、同じように嫌そうな顔をする。

「気持ち悪い。人の心とかないのかな」

気持ち悪いという言葉には同意する。が、その前に聞きたいことがある。

「なぜあなたがここに……？」

できる限りの小声で尋《たず》ねると、ほんの一瞬《いっしゅん》だけ彼はこちらを見た。

だが月の光がちょうど逆光となっていたので、その瞳《ひとみ》がどんな色をたたえているか、見ることはできなかった。

「なぜって、君がいたから」

少なくとも声は平静だ。やや、静かすぎるかもしれない。

「ごめんね、変なものを見せて」

彼が口にしたのは謝罪の言葉だった。謝るということは、つまり彼は知っているということか。目の前で起きている、この奇怪すぎる儀式について。

「この儀式について、あなたは知っているのね？」

「ああ」

「では聞くわ。あれは……なに」

赤黒い液体の入った注射器を指し、尋ねた。

サイリュスは、恐《おそ》る恐る聞いたエレクトラとは対照的な反応をした。世間話をするかのように、軽く石柱にもたれかかった。そして今日の夕食のメニューを聞かれたときと同じくらい、ごくあっさりとこう答えたのだ。

「抗体《こうたい》」

あっさりしすぎていたので、理解は全く追いつかなかった。

「は……？」

「正しくは、抗体を取り出すための血液。あそこからさらに血清を作ることになる」

何を言っているんだろう――この男に対して幾度《いくど》も思ったことを、今回は全く別の意味合いで思った。

「抗体？　血清……？」

聞いたことはある。確か病気の予防や治療《ちりょう》に関する言葉だったと思う。

が、日常生活ではまず使うことのない単語だったはずだ。

「どういうことか……説明してくれないかしら」

自力で紐解《ひもと》くことは不可能に近く、さらなる説明を求めるようにサイリュスを見上げた。

彼はこちらを見ず、吹《ふ》けば飛んでいってしまうひとひらの木の葉のように、ただ虚空《こくう》を見ていた。

「まず、あの注射器の中の物が、抗体の元となる血液」

空を見たまま、サイリュスは静かに言った。

わからなくとも、ついていかなければならないという気がした。今ついていかなければ、彼は二度と話さないような気がする。

「あそこから血清を取り出して、打つんだ」

ええ、と頷《うなず》こうとしたとき、疑問が浮《う》かんだ。

「打つって、誰に？」

「現聖王に」

エレクトラは眉をひそめた。

「あなたに？」

横顔のまま、サイリュスは頷いた。

わからない。質問をし、返答を得るたびに、どんどん疑問が増していく。

あの注射器に入っているものが抗体の元となる血液で、そこから血清を取り出す？　それを現聖王であるサイリュスに打つ？

「どんな目的で、なんのために？」

「聖王であるために」

「聖王であるために……？」

エレクトラは反芻《はんすう》した。そうして頭の中で何度か同じ言葉を繰《く》り返しているうち、はっとある場所に目が行った。

白い箱。司祭が血液を取り出した、奇怪なあの白い箱。

抗体の元となる血液は、あの箱の中から取り出された。つまりあの箱の中に何が入っていたかがわかれば……。

「では、あの棺桶《かんおけ》のような箱に入っているのは？」

エレクトラは恐る恐る問いかけた。

ありえない想像が頭の中で膨《ふく》らんでいる。これを否定してほしいという気持ちと、そうであれば全《すべ》てつながる、という気持ちがぶつかり合った。

そして、彼は——

「先代の聖王」

——言った。

答えはいたってシンプルだった。

そして、エレクトラの予想していた通りの答えだった。

だが予想していたところで、理解が追いつくかどうかは別だった。

あまりにも現実離《ばな》れしすぎている。馬鹿《ばか》馬鹿しいほど妄想《もうそう》じみていて、すんなり呑《の》み込めるはずもない。

注射器に入っているのは血液。

あの箱に入っているのは先代の聖王。

次になにを聞けばいいかわからなくなり、エレクトラはただただサイリュスの横顔を見上げることしかできなくなった。

彼はやはりこちらを見ず、ただ静かな月夜を見つめていた。

この世のものとは思えないほど端整《たんせい》な、彫像《ちょうぞう》のように整った横顔。大理石で作られていると言われても疑うことはできない、きめ細かな肌《はだ》。聖なる神のようにも、禍々《まがまが》しい邪神《じゃしん》のようにも見える、闇夜《やみよ》に妖《あや》しく浮かぶ白い顔。

その顔を見て、エレクトラは出会ったときと同じことを思った。

——あまりにも、人間離れしている。

もともと彼がそうだったのか。それとも聖王になったからこうなったのか。

一体どんな道筋をたどれば、こんな風になるのだろう。彼の奇妙《きみょう》な運命はどこから来て、どこへ向かって、どこへ行き着くというのだろう。

「聖王とは、なんなの……」

とうとう、そんな問いが口から漏《も》れた。

「神？　それとも人？　一体、なに……」

月光が降り注ぎ、夜風が頬《ほお》をなでる。木の葉が二人の間を通り過ぎたとき、サイリュスがこちらを見た。

エメラルドの瞳は木の葉の色をしていた。

彼の表情もまた、吹けば飛ぶひとひらの葉のようだった。

しばらく静寂《せいじゃく》が漂《ただよ》い、ただ月の光だけが二人を照らした。

「聖王とは、呪素《じゅそ》という病原に対する抗体を持つ、世界で唯一《ゆいいつ》の存在」

静かに彼は言った。

あらゆる疑問を解決するような、いたってシンプルな一言だった。

呪素。病原。抗体。シンプルゆえに、感覚的な理解ができた。

呪素は病原だからこそ、多くを吸収すると人は黒石病《こくせきびょう》になり、動物はゴルゴンになる。

いずれも身体《からだ》が異形となり、自我を失って暴走する。

原因が病であったなら、これは非常にわかりやすい論理だ。

そして聖王だけはその病原に対しての抗体を持つ。抗体を持つから、聖王だけが特別というのもよくわかる。だがそうなると、一つ疑問がある。

「今のあなたには、抗体は……？」

血清を現聖王に打つ、と彼は言った。まだ打っていない現状、彼は聖王たる資質を備えていないのでは、と思ったのだが……。

「いいや。抗体は持っているよ。一度目の血清を十年前に打ったから。接種はそもそも二度に分けられているんだ。人間の身体には負荷《ふか》が大きいから」

サイリュスは自身の左の肩《かた》を指した。

その肩に打った、ということだろうか。

「それが第一の儀式《ぎしき》。降臨祭と呼ばれているね」

ふいに知っている言葉が出てきて、空想の世界から現実に引き戻《もど》されたような気がした。

第一の儀式、降臨祭。それが一度目の接種。

接種は二度にわけられている。そして儀式も二つ存在している。

ということは……。

考えると、すぐに点と点がつながった。

一度目の接種は第一の儀式であり、降臨祭と呼ばれている。そして二度目の接種は第二の儀式であり、聖臨祭と呼ばれている。

その聖臨祭が始まるのは……明後日《あさって》。

「聖臨祭で、さっきの血清を接種する……ということね」

城下町がお祭り一色になるという聖臨祭。庶民《しょみん》が楽しみにしているという祭り。そんな楽しげなものとは正反対の、赤黒い液体。白い箱に入った先代の聖王。そしてなにより、祭りのことになると途端《とたん》に表情を失う彼。

「そうだ。二度目は明後日に打つ予定になっている。第二の儀式、聖臨祭で」

もはや答えは聞くまでもなかった。彼の答えは、予想通りのものだった。

──全てがつながってしまった。

聖王は呪素という病原に対する抗体《こうたい》を持つ、世界で唯一の存在。

身体への負荷を考慮《こうりょ》し、血清の接種は二度に分けられている。

一度目の血清を彼は十年前に打った。それが第一の儀式、降臨祭。

二度目の血清を明後日に打つ予定である。それが第二の儀式、聖臨祭。

二度の接種を経《へ》て、ようやく完全な免疫《めんえき》を手に入れる。完全な免疫。つまりは『完全なる聖王』になる。

論理はわかった。どうしてそんな循環《じゅんかん》ができあがったのかとか、まだまだ疑問は多すぎるが、細かいことは今はいい。

わからないのは、あと一つだろうか。

わからないというか、わかりたくないというか、わかるのが怖《こわ》いというか。

ごくりと唾《つば》を呑み込み、エレクトラは再び神殿《しんでん》の中を見た。神官たちはなおも、あの不気味な白い箱を取り囲んでいる。さも偉大《いだい》なもののように敬われているが、その中から先代聖王が出てくる気配は少しもなく、生きている気配すらない。

あの棺桶のような箱の中で、先代の聖王は一体、どのような状態に……？

そんなことを思っていたとき、今度は以前のサイリュスとのやり取りを思い出した。真っ黒く、石のように硬くなった彼の腕。

異形化した部分が手だけではなく、もし全身に及《およ》んだりしたら――

途端に背筋が寒くなった。

想像しただけで恐《おそ》ろしく、胸が締《し》め付けられるような気持ちになった。この気持ちはなんだろう。恐れだろうか、悲しみだろうか？

「ねえ――」

気づけばエレクトラは、口を開いていた。

「一つ、提案があるわ」

秋の風が大きく舞《ま》った。風に負けじとエレクトラは声を張った。

「中央炉《ちゅうおうろ》の件が片付いたら、私はアステルという土地の屋敷《やしき》へ行くわ」

サイリュスの眉《まゆ》がわずかに動いた。アステル、という地名は聞き覚えがあるはずだ。なにしろ、彼がエレクトラの逃避《とうひ》先として確保している場所なのだから。

「そこへ、あなたも来たらどうかと思うの。儀式なんてやめて、聖王という肩書きも捨てたらいいわ。そうして辺境の地で静かに暮らすの。地位がなくたって、農業さえできれば生計は立てられるはずよ」

しゃべり始めると、言葉は自然とあふれた。

「広い土地があるなら、そうね。小麦なんかどうかしら。誰《だれ》だってパンを食べるもの。小麦だったら買い手なんていくらでもいると思うわ」

棺桶《かんおけ》にしか見えないあの白い箱。もし目の前の彼も、あの箱の中に入ることになるのだとしたら……それだけは止めなければならない。

「ガラテアなら、りんごもいいかもしれないわね。りんご酒にりんご水、りんごパイ。ガラテア人はみんなりんごが好きだもの。収穫《しゅうかく》の時期が来たら、きっと注文が殺到《さっとう》するはずだわ。収穫祭なんかをして、みんなで一緒《いっしょ》に食事なんてしたら、きっとすごく楽しいでしょうね」

言葉は止まらない。

なのに、どうしてだろう。

語るたびにどんどん、サイリュスの表情が昏《くら》さを増していくのは。

彫像のような顔は白くなり、より作り物のようになっていく。少しの感情のゆらぎもなく、大理石のように固まっていく。

なぜなにも言ってくれない。

なぜそうしようと言ってくれない。

なぜ絶望ばかりに目を向けてしまう。なぜ。

「ねえ、そうしましょう。すぐにこの場所から逃《に》げましょう」

一歩、前へと踏《ふ》み出した。

今度は父の時とは違《ちが》う。悪い夢はここで終わる。誰も犠牲《ぎせい》にならずに済む。ここでの選《せん》択《たく》さえ間《ま》違《ちが》わなければ。

エレクトラは手を出した。

自分から彼に手を差し出したのは、初めてのことだった。

「犠牲が出る前に引き返すべきよ。そうすれば――」

ヒュ、となにかが切れる音がした。

一瞬《いっしゅん》、自分の身体が切り裂《さ》かれたのかと思った。

はっとして後ずさると、なにかがはらりと目の前で落ちていった。

切り裂かれたのは、二人の間を舞っていた木の葉だった。

自由に空を漂っていた葉は、一瞬にして無残な屍《しかばね》となり果てていた。

「――やめてよ、その顔」

鋭《するど》く、冷たい声が響《ひび》く。

一瞬、なんのことだかわからなかった。

確かめるように自分の頬《ほお》に手を触《ふ》れたが、やはりわからない。問うようにサイリュスを見ると、彼はもうエレクトラから目を逸《そ》らしていた。

ひどく傷ついたような、あらゆる理解を拒《こば》むかのような顔で。

それを見て、ようやくはっとした。

すぐに、まずいと気づいた。

さっき抱《いだ》いたなんともいえない苦しい気持ち。あれは恐れでも、悲しみでもなかった。

あれは……同情だった。

あろうことか、彼を『かわいそう』だと思ってしまった。

「そんな目で、オレを見ないでくれ」

ぶわりと大きく風が吹《ふ》いた。伸《の》ばしかけた手が空を摑《つか》む。

「ま――」

待って、と言おうとした。彼の手を摑もうとした。

だが風が強すぎて、声は遮《さえぎ》られ、手は押し戻されてしまう。

風はどんどん大きくなって、ごうごうと唸《うな》りを上げて木々を揺《ゆ》らした。立つことだけで精一杯《せいいっぱい》になり、視界もまた舞い上がるたくさんの木の葉で埋《う》め尽《つ》くされた。

何も見えない。今、説得しなければいけないのに――！

「待って！　お願い、待って……！」

吹き上げられる風に向かって、消えていく人影《ひとかげ》に向かって何度も叫《さけ》んだ。

だがいくら叫んでも、声が返ってくることはなかった。風は彼の心と同化したかのように、荒《あら》く吹きすさび続け、その間に人影は小さくなっていった。

全《すべ》ての風がやみ、木の葉が地面に落ちたのはしばらく経《た》ってからだった。誰もいなくなった場所を、エレクトラはただ茫然《ぼうぜん》と見つめていた。

夜の風は一層冷たさを増す。エレクトラの心も、苦い後悔《こうかい》の気持ちと共に冷たく凍《こお》っていった。

選択を間違ってしまった……のだろうか。

§

——大丈夫《だいじょうぶ》。まだ説得する方法はある。

翌朝、目が覚めたと同時に思った。エレクトラはすぐに立ち上がり、オニキスの到着《とうちゃく》も待たずに自分で着替《きが》えをし始めた。

昨夜の間違いを、今すぐにでも正さなければ。感情ではなく理性で話を進めることができれば、きちんと説得はできるはず。

強い決意を胸に、エレクトラは一人で外に出た。

だが自室から出て、金樺宮の広場に出てきたとき、なにやら騒《さわ》ぎが起きていることに気がついた。

「兄上が姿を消したというのは、本当か……!?」

金樺宮の広場には見知らぬ少年がいた。少年は衛兵や小姓《こしょう》たちに詰《つ》め寄り、大きな声で尋《たず》ねている。エレクトラは驚《おどろ》きながらその光景を観察した。

――あの少年は誰だろう？

観察するうち、疑問はすぐに解決した。短いゴールデンブラウンの髪《かみ》、整った面立《おもだ》ち、上品な格好。それになにより『兄上』という言葉。

恐らくあれは第二皇子シャルロだ。兄とはあまり似ていない。少年らしいあどけなさが残っているし、服装も白いブラウスにほっそりとしたズボン、すらりとしたベストとジャケットと、重苦しいローブ姿の兄とは正反対だ。

「ええ、昨夜より聖王猊下《げいか》のお姿がどこにも見られません。書斎《しょさい》にも、寝室《しんしつ》にも、神殿《しんでん》にも」

「兄上は外出する旨《むね》、誰にも告げなかったのだな？」

「ええ。大変不甲斐《ふがい》ないことながら……引き続き、気を引き締めて捜索《そうさく》をして参ります」

衛兵を見送るシャルロの顔は穏《おだ》やかで、むしろ安堵《あんど》のような色が窺《うかが》えた。

なぜだろうと少し考え、すぐにわかった。

そうだ、彼はサイリュスに対して、逃げるよう手紙を出していたのだった。つまりサイリュスが逃げたと思って、今はほっとしているのだろう。

だが……。

エレクトラの頭の中には、冷え切った白い面《おもて》が浮《う》かんだ。

作り物の彫像《ちょうぞう》のように、少しも揺らぐことのない顔。あらゆる心配も、同情も、どんな理解をも拒む、エメラルドの瞳《ひとみ》。

——あの彼が、逃げ出したはずがない。

「シャルロ殿下。少々お話をよろしいでしょうか」

エレクトラは一歩踏み出し、シャルロに声をかけた。少年の瞳が驚きながらこちらを捉《とら》えた。エレクトラだとわかった瞬間《しゅんかん》、彼はすぐに軽く礼をしてくれた。

「あなたは、エレクトラ王女殿下でいらっしゃいますね」

「はい。唐突《とうとつ》にて不躾《ぶしつけ》のことながら、お伺《うかが》いしたいことがございまして」

「もちろん、どのようなご質問でも」

シャルロは人払《ひとばら》いをした。衛兵や小姓たちが遠くへと控《ひか》える。

「では失礼ながら——中央炉《ろ》、というものの場所を教えていただけないでしょうか」

シャルロはぽかんとした顔になった。そしてすぐに怪訝《けげん》な顔で問い返してきた。

「な、なぜ貴女《あなた》がその場所のことを……」

「実はそこで、聖王猊下と落ち合う約束をしているのです」

エレクトラは即興《そっきょう》でとあるシナリオを描《えが》いた。シャルロが納得《なっとく》し、協力してくれるであろうシナリオを。

「シャルロ殿下は、猊下にお逃げするよう促《うなが》していらっしゃいましたね。私も猊下に同じことを申しておりました。すると猊下はこのように。——二人で内密に辺境へ逃げよう、と」

「なんと……！」

シャルロは望みどおりの反応をした。

「ですが猊下は正義感の強いお方。逃げる前にあの場所を破壊《はかい》しなければならない、と仰《おお》せになりました」

エレクトラは確信していた。彼が今、どこにいるのか。

「それが中央炉です。猊下は一人でそこへ向かわれ、私には逃亡《とうぼう》先へ向かうようおっしゃいました。ですが私は今になって、心配になってしまって」

「それで、エレクトラ姫《ひめ》も中央炉へ向かわれたいと？」

「はい」

ふむ、とシャルロは考える仕草をした。兄が逃げてくれたことの嬉《うれ》しさと、逃亡先でも一人にならないことの安心感からか、その表情は明るかった。

「かしこまりました。そういうことでしたら、すぐに地図と食料と馬をご用意いたしましょう」

笑顔《えがお》でシャルロは請《う》け合ってくれた。護衛も付けようと言ってくれたが、守護騎士《きし》と共に向かうから大丈夫だと丁重《ていちょう》に断った。

最後に彼は、「兄上のことをお頼《たの》み申します」と強く言ったので頷《うなず》き返した。

——やはり生きなくてはいけないわ。あなたには大事な弟がいるのだから。

エレクトラはそう思いながら、改めて気を引き締《し》めた。

それから準備に数時間。剣《けん》を磨《みが》き、鎧《よろい》に着替え、荷物を整えた。約半月を過ごした金樺宮に別れを告げ、オニキスと共に旅立った。

5 § prophetia: 筋書通りのミーメーシス

エレクトラは中央炉へ向け、オニキスと共に馬を駆《か》った。

世間は明日から始まる聖臨祭に向けてにぎわっており、都の中も外も、あちらこちらではしゃぐ人々の姿が見られた。

ときおり通り過ぎる集落では、子どもたちが運命神イェレンのシンボルであるヤギの面をつけたり、太陽神アドロンのシンボルである獅子《しし》の面をつけたりと、楽しそうにごっこ遊びに興じていた。

世間は楽しげににぎわっている。その事実が逆にエレクトラを焦《あせ》らせた。

昨日のサイリュスの顔を思い出すと、今も手に冷や汗《あせ》がにじむ。あの状態の彼が一人で中央炉へ行って、破壊をして、それで無事に全《すべ》てうまくいくというのだろうか。

……とていそうとは思えない。

そもそも彼はまだ全てを見せていないし、話していない。瞳の奥にあとどれだけの闇《やみ》があるのかと考えると、焦る気持ちは募《つの》った。

道中はしばらく順調だった。都を抜《ぬ》けてなだらかな丘《おか》の上を、爽《さわ》やかな川沿いの道を、豊かな田園地帯を走っていき、やがて数刻が経《た》った。

地図によれば、中央炉まではあと一時間程度。

馬に揺《ゆ》られながら、エレクトラは遠い地平線に目を凝《こ》らした。

このまま順調に行けばうまくいく――そう考えていたとき、地面で石が跳《は》ねていることに気づいた。ころころと跳ねる石は一つや二つではない。

どうやら地面がわずかに震動《しんどう》しているようだ。

地震か何かだろうかと思って、辺りを見回した。そして、はっとした。

地平線の彼方《かなた》に、黒煙《こくえん》が上がっているのが見えた。

黒煙は二十、いや三十、もっとだろうか。かなりの数があるようだ。黒煙はエレクトラたちと並走《へいそう》するかのように、地平線を走っている。

動いているようだが、一体、なんの煙《けむり》だろう。

よくよく目を凝らすと、黒煙を上げているのは車輪のついた鋼鉄の箱のようなものであることがわかった。この震動はあれらが原因ということか。

鋼鉄の黒い車体は見るからにいかめしく、術による攻撃《こうげき》を反射する造りをしているように見える。

――あれは、戦車だ。

わかった途端《とたん》、身震《みぶる》いがした。機械文明が発達しているガラテアでは、魔力《まりよく》で動かせる戦車《チャリオット》があるのだ。

あのような戦車は、エレクトラも以前に戦場で見たことがある。

「オニキス。あの戦車、私たちに関係ないこととは思えないのだけれど」

「ええ。私もそのように思います。恐《おそ》らくは、聖王の動きと関連するものかと」

自分たちが金樺宮を出た頃《ころ》には、宮殿《きゅうでん》中が大騒《おおさわ》ぎになっていた。聖王が姿を消したことは大々的に知られ、大捜索《そうさく》のような有様となっていた。

その報告は当然、皇帝《こうてい》にも届いただろう。

中央炉を使ったゴルゴン製造は皇帝本人が推進しており、サイリュスはそれに反対の立場を取っていた。これを皇帝も知っていたなら、エレクトラと同じ推測に至っただろう。

彼は聖臨祭の前に中央炉へ向かい、炉を破壊しようとしていると。

そうすれば当然皇帝は止めにかかる。つまりあれは、サイリュスを止めるための軍勢だと考えられるわけだ。

「それにしても、一人に対してものすごい数だわ……」

もちろん聖王一人に対してどれだけ兵がいても足りないことは知っている。だが、あのもうもうとした黒煙の数を見ると、どうしても不安がぬぐえない。

それに今のサイリュスは、中央炉を破壊するという目的を第一に動いているはずだ。不意をつかれる可能性だってある。

急がなければと、エレクトラは馬を急がせた。

しかし速度はどうしても戦車の方が上だった。馬を駆るエレクトラたちは徐々《じょじょ》に後《おく》れを取るようになり、追いかける形になってしまう。

——昨夜、私があんな顔をしなければ、共に戦えたはずなのに。

エレクトラは歯を食いしばり、後ろ向きな気持ちを振《ふ》り払《はら》った。今は地道にでも進むしかない。そう思い切り、ひたすらに馬を走らせ続けた。

結果的に、到着《とうちゃく》した時間はほぼ予定通りだった。

目的地は、視界に入った途端にすぐにこれだとわかった。見たこともないほど大きな鉄の塊《かたまり》が、ドーム状になって地面の上に立っていたからだ。

皮肉にも、極彩色《ごくさいしき》の万神殿と似た形の建造物。しかし正反対に人工的な、金属製の建造物。ドームの中心に刺《さ》さっている煙突《えんとつ》といい、ドームを支える無骨な金属の柱といい、どれもこれもがガラテアならではの近代的な技術によるものだ。

間違《まちが》いない、あれが中央炉を有する施設《しせつ》だろう。

と、思っていたとき——

「……やはり」

施設の前に広がる光景を目にして、ごくりと唾《つば》を呑《の》み込んだ。

豆粒《まめつぶ》のような人影《ひとかげ》がずらりと並んでいる。

数は一千くらいだろうか。もちろん一般人《いっぱん》ではない。鎧姿の兵たちからなる軍隊であり、さっきの戦車も控《ひか》えている。戦車の数は三十台くらいだ。

彼らが囲んでいるのは、ただ一つの人影――聖王サイリュス。

サイリュスは、たった一人で、軍隊と戦車に向かっていた。

それがわかった瞬間《しゅんかん》、鼓動《こどう》が速くなった。彼は一人で戦おうとしている。だがいくら聖王といえど、あんな風に完全に囲まれた状態では……。

「全軍、攻撃準備！」

掛《か》け声に合わせ、兵たちが槍《やり》を掲《かか》げ、魔素《まそ》の粒子《りゅうし》を集め始めた。

――まずい、戦いが始まってしまう。

早く前線までたどり着かなければ。やがて馬が疲《つか》れでよれ始めたが、エレクトラは手綱《たづな》を緩《ゆる》めなかった。なんとか耐《た》えてくれと祈《いの》りながら、全速力で走らせた。

が――

「攻撃開始！」

それでも、間に合わない。

やがて兵たちの槍から一斉《いっせい》に光が放たれた。

光は上に飛んだのち、角度を変えてサイリュスの方へと向かっていった。

鋭《するど》い光の数々はさながら光の雨、いや、豪雨《ごうう》だった。勢いよくサイリュスの方へ向かっていき、怒涛《どとう》の勢いでほとばしっていく。

あんなものを食《く》らったら、たちまち蜂《はち》の巣だ。

恐ろしい予感に目をつぶりたくなったが、見ておかなければならないという強い思いもあった。覚悟《かくご》をして、その光景を目に焼きつけようとした。

「──え」

そして思わず、声を漏《も》らした。

目の前で繰《く》り広げられたのは、ありえない光景だった。

サイリュスの方へ飛んでいったはずの光の雨は、彼の眼前へ迫《せま》った瞬間、たちまち方向を変えた。まるで鏡に反射した光のように、いきなり屈折《くっせつ》し、兵たちのほうへと折り返していったのだ。

屈折した光の雨は、そのまま真上から降り注いだ。間断なく降り注ぐそれは容赦《ようしゃ》なく兵たちを頭から貫《つらぬ》き、まださらに降り注ぐ。兵たちが放った光の数だけ、因果応報のように返っていった。

悲鳴が次々に上がり、ばたり、ばたりと兵が倒《たお》れていく。痛みにあえぐ声、うめく声、様々な声が聞こえてくるが、どれも長くは続かない。

光の雨に貫かれた者は、やがて全員倒れた。

全員、すなわち、全《すべ》ての兵士が。

焼け野原と化したかのように、その場は静寂《せいじゃく》に包まれた。

風の音だけが響《ひび》く戦場を、エレクトラは呆然《ぼうぜん》と見つめた。

そして気づいた。

サイリュスは、なにもしていなかった。

兵たちが魔素を槍に集めている間も、光の雨が襲《おそ》ったときも、それらが兵たちに折り返していったときも。彼は防ぐことも、対抗《たいこう》することもしていなかった。ただそこに立ち、泰然《たいぜん》と眺《なが》めていただけだった。

それなのに全員が倒れた。――この光景には、見覚えがある。

彼がユリウスと対峙《たいじ》したときだ。あのときユリウスはサイリュスめがけて雷光《らいこう》を放った。サイリュスはそれをただ見ていただけだったが、直後にユリウスの放った雷光が、彼自身を脳天から貫いたのだ。

一度だけなら事故と片付けられたかもしれないが、二度、目にしてしまった。

これは事故ではない。ここから導ける結論は一つ。

サイリュスには、魔術が通じない。いや、通じないどころではないのだろう。彼に放った魔術は全て術者自身に跳《は》ね返ってしまうのだ。

『君を連れてきた理由。それは、君がオレを殺せるから』

サイリュスの声が頭の中に響いた。

今ようやくわかった気がする。魔術で彼は殺せない。

だから彼はエレクトラに頼《たの》んだのか。殺してくれと――

それ以上は考えている暇《ひま》はなかった。サイリュス以外にもう一人だけ、無事に立っている者がいることに気づいたのだ。

エレクトラは目を凝《こ》らしてその人物を見た。豪華《ごうか》な刺繍《ししゅう》がなされた内衣に、高貴な者だけが身に着けられる毛皮のマント。そして、外出用なのか簡素なものながらも、確かに頭の上に戴《いただ》かれた冠《かんむり》。

顔はサイリュスと少し似ている。サイリュスよりも目は細く吊《つ》り上がってはいるが、すっきりとした鼻筋や口元は同じで、顔立ちはよく似ている。

――もしや、ガラテア皇帝レグルス……なのか？

半信半疑でエレクトラは見つめたが、サイリュスと向かい合うとやはり二人は似ていて、そうだと言わざるを得なかった。

まさか、皇帝本人が足を運んでいるなんて。一体なぜなのだろう。それに兵たちが倒れている中で、皇帝だけは立っているというのも不可思議だ。

「あなたの駒《こま》はみな倒れてしまったようです。どうしますか」

「どうもせぬ。想定内のことだ」

親子は短く会話を交《か》わした。

父と子ではあっても、その信条は正反対。皇帝はゴルゴン製造によって軍事力を強化し、他国を侵略《しんりゃく》しようと考えている。一方サイリュスはゴルゴン製造に反対で、その元凶《げんきょう》である中央炉を今まさに壊《こわ》そうとしている。

敵対する存在である二人は、ほぼ同時に魔素の粒子を両手にまとわせた。

エレクトラは息を殺して見守った。そして疑問を抱《いだ》いた。

どう考えても聖王であるサイリュスが優勢だ。結果は明らかなのに、なぜ皇帝は迷いもなく立っているのだろう。あのままでは消し炭になるだけではないか。

なにか考えでもあるというのだろうか。

――いや、聖王相手にそんな都合のいいことがあるわけが……。

やがてサイリュスは指をはじき、皇帝は宝玉のついた大きな杖《つえ》を構えた。サイリュスの指先からは光が放たれ、一直線に皇帝へと向かった。

そして皇帝は――思わぬ行動に出た。

途端《とたん》に杖を下ろし、懐《ふところ》に手を入れたのだ。いかにも術を繰り出そうとする体勢から、なにかを取り出すような体勢へと変化したかと思うと、ガラス瓶《びん》のようなものをサイリュスの足元に投げつけた。

ガラスの砕《くだ》ける音がして、黒いもやが発生した。黒く不気味なもや。これは見覚えがある。呪素《じゅそ》の粒子だ。皇帝が投げつけたのは呪素が詰《つ》まった瓶だったらしい。

しかし……なんだろう。ただの呪素にしては異様に濃《こ》い。

その濃さは、サイリュスの姿がみるみるうちに見えなくなってしまうほどだった。常人ならばたちまち黒石病《こくせきびょう》にかかり、全身が異形化してしまうほどの濃い呪素だ。

さすがに、聖王ならば大丈夫《だいじょうぶ》なのだろうが……。

と、思っていたとき。

ドドドド、となにかの足音が聞こえた。はっと息を呑む。見ると戦車の扉《とびら》が開き、中から無数の黒い影が現れていた。オオカミのような姿だが、真っ黒な針に覆《おお》われた体。オオカミが原型のゴルゴンだ。

皇帝はまるで彼らを操《あやつ》るかのように、サイリュスの方を指さした。

皇帝の手にある金の指輪が輝《かがや》いた瞬間、ゴルゴンたちは低い唸《うな》りを上げて、呪素のもやの中へと突《つ》っ込んだ。

さすがのサイリュスでも、あの濃さの呪素とあのゴルゴンの数では危ない。エレクトラの足は無意識に前に出た。

「姫様《ひめさま》！」

「大丈夫、私は呪素の影響《えいきょう》を受けないわ！　あなたはそこにいて！」

オニキスが引き留めるより早く、エレクトラは駆《か》け出していた。皇帝めがけて一直線に。

「なんだ、貴様は……⁉　なんのつもりだ！」

すぐに皇帝がこちらに気づいた。皇帝は当然、警戒《けいかい》して術を放ってくる。光の粒子《りゅうし》は刃《やいば》のように、鋭くエレクトラを襲ってくる。だがそんなのは想定済みだ。

「手を貸してちょうだい、パンドラ」

エレクトラは愛剣《あいけん》の柄《つか》を握《にぎ》り、すらりと抜《ぬ》いた。

きらりと光る白刃《はくじん》は澄《す》み、光の刃をも切り裂《さ》いた。
一、二、三、四、五、剣を振《ふ》るたび、パリン、パリンと小気味いい音が鳴って、光の刃は綺麗《きれい》さっぱり消え去っていく。
「なぜ術が消えた……！　貴様、なにをしたのだ⁉」

「答える義理などないわ。それよりも、今すぐゴルゴンを撤退《てったい》させなさい！」

頭の中には、さっきの光景が目に焼き付いていた。間違《まちが》いなく、ゴルゴンたちは皇帝の手の動きに合わせて動いたのだ。つまりは皇帝が操っていたということだ。

皇帝は一歩後ずさった。術が効かないエレクトラ相手では、さすがに劣勢《れっせい》と見たのだろう、そのまま逃《に》げようとしたが——そうはさせない。

エレクトラは全速力で駆け、剣を大きく振りかぶった。

びゅん、と風を切る音がした後、しっかりとした手ごたえがあった。

皇帝の身体《からだ》を覆っていた分厚いマントがきれいに裂け、チュニックの肩口《かたぐち》に浅い切り傷ができていた。顔は痛みに歪《ゆが》み、足がふらりと揺《ゆ》れている。

「どうするか、選びなさい！」

「っ……！」

一瞬《いっしゅん》、皇帝は迷った。しかしほんの一瞬だった。

目の前に迫《せま》った白刃を見て皇帝は言い、手を後ろに動かした。

「──撤退せよ！」

ゴルゴンたちが撤退していく音が聞こえる。

とりあえずは成功したようだ。

ここからどうしたものか。エレクトラは皇帝をじっと睨《にら》んだ。

このまま倒してしまいたいところだが、そうはいかないだろう。ミトスの王女が隣国《りんごく》の皇帝を殺したとあっては、国際問題に発展してしまう。

最後の警告として、剣を横一線に振った。皇帝はうっ、と声にならない声を漏《も》らした後、一歩後ろへ下がり、戦車に向かって後退した。

エレクトラは改めて戦場を見回した。金属製のドーム施設《しせつ》の前は、何もなかったかのような静けさに包まれていた。

皇帝はゴルゴンと共に去り、およそ一千の兵は倒《たお》れたまま誰《だれ》も動かない。後に残るのは呪素のもやと、その中にいるであろう聖王サイリュスだが……。

エレクトラは目を凝らし、耳を澄ませた。ようやく薄《うす》くなりつつある呪素のもやへ、ゆっくりと近づいていく。そして——その声を聞いた。

§

「……ぅ……」

声にならない声。

小さなその音が耳に入った途端、慌《あわ》ててそちらへ駆けていた。

やがて黒いローブ姿の人影《ひとかげ》が地面に座っているのを見つけたので、ほっと息をついた。

少なくともサイリュスは倒れたり、意識を失ったりはしていないようだ。

「大丈夫？」

静かに問いかけ、様子を窺《うかが》った。

しばらく返事はなく、顔も上げないままだった。けがでもしたのかと心配していたとき、ようやく彼はこちらを見た。

ぼんやりとしたエメラルドの瞳《ひとみ》と目が合ったが、彼はなにも言わず、無表情のままだ。

エレクトラはごくりと唾《つば》を呑《の》み込んだ。問題はここからだ。

「あなたと話したいことがあるの。昨日の話の続きよ」

まずはサイリュスの前にしゃがみこみ、同じ目線の高さになるようにした。

「やっぱりあなたは聖王なんてやめて、逃げるべきだと思うわ。私の亡命先に選んでいるアステルという土地でもいいし、別の場所でもいい。とにかく、まだあなたでいるうちに逃げるべきだわ。あのように……先代の聖王のようになる前に」

先代の聖王、と言ったとき少し声が震《ふる》えたが、なるべく耐《た》えた。昨夜のように感情的になってはいけない。

「どうして、そう思うんだい」

呟《つぶや》く声が聞こえたのは、数秒経《た》ってからだった。今までに聞いたこともないくらい低い声だったので、少し驚《おどろ》いてしまった。

「あなたには弟もいて、慕《した》ってくれる民《たみ》もいるからよ。死ぬ以外の選択肢《せんたくし》があるのなら、それを探《さぐ》ってみるべきだわ、彼らのためにも」

「死ぬ以外の選択肢、ね……」

サイリュスは地面に目を伏《ふ》せた。

「君の思う選択肢は、それなのかい？　オレが聖王をやめて逃げることだと」

「いいえ、それだけではないと思うわ。聖王を続けるという選択肢もあると思う。聖臨祭だけは回避《かいひ》して、今まで通りに聖王として生きたっていいと思うわ。そうすれば少なくとも、先代のようになるまでの猶予《ゆうよ》はできるでしょう」

「ふむ、なるほど」

言葉のわりに、彼が納得《なっとく》した様子はなかった。

彼は小さく息をついて立ち上がり、ローブについた土を払《はら》った。おもむろに中央炉《ろ》があるドーム状の施設の方へと歩き出す。

エレクトラはそれを追いかけようとし、その前にオニキスを振り返った。この話はあまりにも、サイリュスの個人的な部分に関《かか》わっている。第三者に聞かせるべきものではない。

今いる場所で待つよう手で指示すると、オニキスはしぶしぶ頷《うなず》いた。

そうして一人、サイリュスを追いかけるようにして歩いた。

単調な足音が二つ、そろって荒野《こうや》に響《ひび》いた。

「要するに君は、時間稼《かせ》ぎをすべきだと言うんだね。先代のようになる前に」

「時間稼ぎというか――いえ、そうね。時間さえあれば、なにか方法が見つかるかもしれないと思っているわ。あなたが犠牲《ぎせい》にならないで済む方法が」

今このとき、自分の中にあるのは純粋《じゅんすい》な正義感だった。生贄《いけにえ》になる人を目の前にして、それを救いたいという単純な思いだった。

だが――

「つまりその間に、人類は滅亡《めつぼう》しても仕方がないというわけだ」

残酷《ざんこく》な現実をつきつけられて、絶句した。

「オレは一度しか血清を打っていない、中途半端《ちゅうとはんぱ》な聖王だ。呪素《じゅそ》の還元量《かんげん》は先代より劣《おと》っているし、この状態が続けば世界中には呪素があふれることになる。君はもう知っての通り、呪素は病毒だ。人間を含《ふく》めたあらゆる動物が呪素に侵《おか》され、黒石病《こくせきびょう》となり、ゴルゴンとなっていくだろう。徐々《じょじょ》に、確実に、加速度的に」

「……」

彼が言っていることは本当なのだろう。

ゆえに言い返す言葉は、探しても探しても思い浮《う》かばなかった。

やがて金属製のドームの入り口に着いてしまった。鋼鉄の扉《とびら》をサイリュスが魔術《まじゅつ》で開き、中へと入っていく。

施設の中は、初めて見る機械でいっぱいだった。

びっしりと壁《かべ》を伝い、あちこちで分かれたり、合流したりしているたくさんの金属管。

ぼんやりと光るガラス製のオレンジ色の照明。なにかの値《あたい》を示しているらしい計測器に、ぎりぎり回るたくさんの歯車。

中央炉の正式名称《めいしょう》は確か、『呪素濃縮《のうしゅく》　格納施設　中央区画　溶素炉《ようそ》』。つまり、どれもこれも呪素を濃縮して格納するための機械というわけだ。

金属の床《ゆか》を歩いていると、グルルルという唸《うな》り声が聞こえてきた。

警戒《けいかい》して周囲を見回すと、左右に広い檻《おり》のようなものがあり、たくさんの動物――いや、ゴルゴンがいることがわかった。恐《おそ》らく実験体だろう。

「……聖王以外が、呪素をどうにかする方法はないの？」

ようやく口にできたのは、自分でも悲しくなるくらい幼稚《ようち》な言葉だった。そんなに都合のいい方法があるのなら、とっくに誰かが試《ため》しているだろう。

「あなたが死なず、先代の聖王のように棺桶《かんおけ》にも入ることなく、まともに生きる道はないというの……？」

それでも聞かずにはいられなかったのだ。

「どうして君は、そんなにオレを心配してくれるんだい」

サイリュスからの返答がくるまでに、十歩くらい歩いたと思う。

そのときには、しゃべり方が少しだけいつもの彼のようになっていた。突《つ》っぱねるような響きはなく、やわらかい。声音《こわね》はまだやや低いが。

「君にとってオレは敵のはずだ。オレは君に優《やさ》しくありたいと常に思っているけれど、ひどいことをしたという自覚はもちろんある。戦場から連れ去り、自分の宮殿《きゅうでん》内に半ば幽閉《ゆうへい》のようなことをしたのだから。結果的に君を冷酷《れいこく》な母から引き離《はな》すことにはなったが、それも結果論にすぎない」

言葉数は徐々に多くなっていった。

「それなのになぜ、オレを心配してくれる？　君がそうまでする理由は、なんなのかな」

「だってあなたはまだ生きていて、無事でいるからよ」

サイリュスを見上げ、心のうちを正直に告げた。

端整《たんせい》な白い顔は人間離《ばな》れしているものの、やはりそれでも人間だ。目があり、鼻があり、口があって、自分と同じように呼吸をしている。

だから生きていてほしい。それがエレクトラの考えだった。が——

「……愛しているからとは、言ってくれないんだね」

あまりにもさらりと言われたので、ぽかんとした。

「え？」

「ごめん、なんでもない。ただの冗談《じょうだん》だよ」

間髪《かんはつ》をいれず、サイリュスは謝った。

——今のはなんだ。本当に冗談？　それとも……。

早すぎる展開についていけず、聞き返すまでにしばらくかかった。

「ねえ……どうしてあなたはそんなに、愛しているとか、愛されたいとか言うの？　恋人《こいびと》ごっこは終わりだと、あなたから言ったはずなのに」

ずっと抱《かか》えてきた疑問をぶつけると、サイリュスは少しだけ黙《だま》った。

「終わりだと言ったのは、終わらせないと君を傷つけてしまうと思ったから。君の幸せな未来に、厄介《やっかい》な思い出を残してはいけないと思ったから。……本当は終わらせたくなかったよ」

ふいに彼はこちらを見た。

「今も終わらせたくない。今ここで君が愛してくれたら、天にも昇《のぼ》る気持ちになれると思う」

「では、そんなに愛されることにこだわるのは、どうして？」

「今まで望んでこなかった分、最後くらいは望んでもいいかと思って。手に入らないかもしれなくても……それでも」

予想外の答えに、はっとした。

――欲しいものは、いつだって手に入らない。

――だから、初めから望まない。

それはまさしく、エレクトラ自身の考え方だったからだ。彼も同じように生きてきたというのか。聖王である彼が……？

「でもあなたは皇子で、聖王で、民にも慕《した》われているじゃない。それなのにどうして、愛されることを望んでこなかったの？」

彼は『無能』のエレクトラとは違《ちが》う。誰《だれ》からも尊敬される聖王ならば、なんだって望めるはずではないのか。

「前に言っただろう。オレは『かわいそう』だから」

サイリュスの声に自嘲《じちょう》的な色が加わった。

「母は優しくて、父と違ってオレのことを愛してくれた。ただ、それと同時にいつも謝っていた。こんな境遇《きょうぐう》に生んでしまってごめんなさい、聖王にさせてごめんなさい……母の愛情は、いつも『かわいそう』と一緒《いっしょ》だった」

返す言葉がなかった。

「恋をした人もそうだった。こんな身体《からだ》でも受け入れてくれたらと思って、真実を打ち明けた。そうしたら『かわいそう』と言った」

語るごとに、彼の声は低くなっていく。

「オレにとって愛情はいつも、『かわいそう』がついて回った。だから望まないようにした。深く立ち入らないようにした。必ずみんな、いつかそこへとたどり着いてしまうから」

エレクトラは自分の言動を振《ふ》り返った。

――私もそうだった。彼のことを『かわいそう』だと思ってしまった。

「でもきっと君はオレにとって最後の恋になる。だから最後くらい、望んでもいいかなって――少し、そんなことを望んでみただけ」

彼の事情はあまりに重く、軽々しく言葉をかけることなどできなかった。

サイリュスはさらに前へと歩いていった。エレクトラは複雑な気持ちでついて行くしかなかった。

すると大きな扉が見えてきた。ガラテアを象徴《しょうちょう》する太陽の紋章《もんしょう》がついた、意味ありげな大きな扉。ドーム全体の大きさからして、多分ここが最奥《さいおう》だろう。

つまりここが、中央炉《ろ》のある場所。

扉についている成人男性の腕《うで》のように大きなレバーに、サイリュスは手をかけた。

ぎぎぎ、と音を立てて扉が開いた。

中は思ったよりも狭《せま》い空間で――真ん中に、夜空のようななにかがあった。

よく見ると、それは大きなガラスの球体であることがわかった。

人間が五人分くらいある高さの透明《とうめい》なガラスの中に、黒い液体が満ちている。中では、ぱちぱちと星のように光がはじけては、闇《やみ》に呑《の》み込まれるように消えていった。

見たこともない人工の夜空。

星がはじけるさまは美しく、闇がどろりと渦《うず》巻《ま》くさまは面妖《めんよう》だった。

光と影《かげ》、相反する二つが共存する液体。これが、濃縮《のうしゅく》した呪素《じゅそ》の液体か。

これを生き物に注入することでゴルゴンが製造できる、と以前サイリュスは言っていた。

なんという、おぞましい神秘だろう。

「これが、中央炉だ」

サイリュスは人工の夜空を指さし、語り始めた。その声はもう平静だ。

「かなり高度な技術で、長年の歳月《さいげつ》をかけて造られている。一度壊《こわ》せば再び造るのに十年はかかるだろう。中身は培養液《ばいよう》と呪素の粒子《りゅうし》だ。二つがぶつかり合って反応を起こしている。この光は反応を起こす際に見られるものだ」

次に彼は、盃《さかずき》状の装置を指した。

「反応を終えて混ざり合った液体は、あの濾過《ろか》装置を通り、不純物が取り除かれる。濾過が終わると今度は濃縮装置へ行く。余分な水分を蒸発させるんだ」

盃状の装置から金属管が伸《の》びて、ずらりと並んだ数十個くらいの金属樽《たる》につながっていた。

「こうして呪素の濃縮液ができあがる」

サイリュスが説明を終えると、沈黙《ちんもく》が訪《おとず》れた。説明をありがとう、と言うのが適切なのだろう。だが声は喉《のど》の奥にひっかかって出てこなかった。

「エル」

口を開いたのは、やはり彼の方だった。

「ありがとう。色々提案してくれて。嬉《うれ》しかったよ」

彼はふわりと笑った。長い間見ていなかったような気さえする、彼の微笑《ほほえ》み。けれど安《あん》堵《ど》することはできなかった。言葉が気になったからだ。

「どうして過去形なの」

「だってもう、遅《おそ》いから」

「遅い……？」

サイリュスは黙った。少し苦い顔をしてから、意を決した様子で右手を上げる。ローブの長い袖《そで》の先から手が出た。

「……っ」

それを見た途端《とたん》、悲鳴を上げそうになった。

目に入ったそれは――完全に異形化していた。

その手は黒く石化し、いくつもの棘《とげ》が飛び出ていることがわかった。鋭《するど》い棘のせいか、黒い内衣はほとんど破れ、ぼろきれと化している。

人間の身体の柔《やわ》らかさは、少しも見て取れない。

「それ……いつから？」

数日前に見たときは、異形化していたのは腕までだったはずだ。手や指にはまだ及んでいなかったはず。

「さっき一千の兵が放った魔術《まじゅつ》により、大量の呪素が発生してオレの身体に入った。それが一つ目の理由。次に皇帝《こうてい》が濃縮した呪素の瓶《びん》を投げ、同じく身体に入った。それが二つ目の理由。まあ、正直そっちが九割だけどね」

皇帝が投げた瓶から出た呪素はやけに濃《こ》いと思っていたが、濃縮したものだったのか。

「エル。君はきっと、まだオレに猶予《ゆうよ》があると思っていたんだろうね。だから逃《に》げるように提案してくれたんだろう。でもだめなんだ。時間はないんだよ」

サイリュスはまっすぐに炉を指さした。

「あれを壊せば、とんでもない量の呪素が解き放たれる。全《すべ》てはオレの身体に集まり、異形化はまぬがれないだろう。多分、自我を保つことも難しいと思う」

「……………」

「でも、壊さなければいけない。哀《あわ》れな実験体を増やさず、犠牲《ぎせい》になる人間もなくすために」

「それは……あなたが全部、背負わなければならないの？」

「オレは聖王だからね」

色々な感情が混ざったのだろう、彼はくしゃっと笑った。

「この炉を壊して、使命を果たすよ。――ああ、でもその前に」

彼は黒くなった手を懐《ふところ》に入れた。

取り出したのは小瓶だった。中には赤い液体が入っている。なんだか見覚えのあるような、と思ったとき、ぞっとした記憶《きおく》がよみがえった。

「これを君に託《たく》しておかなければならない」

「それは……？」

「呪素への抗体《こうたい》を持つ、現聖王の血液」

予想通りであり、聞きたくない答えでもあった。

「ここへ来る直前に取っておいたんだ。オレが死ぬことで次の聖王がどうなるかはわからない。けれど、先代の分だけでは足りないかもしれないから」

「次の聖王や世界のために、わざわざ用意していたというの？」

「ああ。オレのわがままで世界が滅《ほろ》んだらみんな困ってしまうだろう。どうか弟に、シャルロに渡《わた》しておいてくれ。あの子ならきっとなんとかしてくれる」

……ああ、そうか。

わかった。こういうところだ、父の顔と重なるのは。

§

「振り返るな！　走れ！」

雄々《おお》しく、鋭い声が響《ひび》いた。

「退路は確保してある！　逃げるんだ、エル！」

エレクトラは声のした方へと手を伸ばすが、その手は虚《むな》しく宙を掴《つか》んだ。乳姉弟《ちきょうだい》のオニキスとクオーツが、エレクトラの右手と左手をそれぞれ掴んで離《はな》さなかった。

「大丈夫《だいじょうぶ》だ！　お前のことは必ずこの父が守る！　オニキス、クオーツ、早くエルを窓の外へ！」

「待って、お父様は⁉」

ほとんど金切り声のようになりながら、エレクトラは叫《さけ》んだ。

「私もすぐにゆく！　だから今は――」

ガタガタガタッと、大きく扉《とびら》が揺《ゆ》れた。エレクトラが父と共に十年間暮らした宮殿《きゅうでん》の、なじみのある扉だ。

だが今はまるで地獄《じごく》の門のように恐《おそ》ろしい。

やがて、バンッ、と乱暴な音がして扉が開いた。

「いけない！　姫様《ひめさま》、ひとまずこちらへ！」

オニキスがエレクトラを引っ張り、カーテンの中へ隠《かく》した。

窓の外に出る時間はなかった。エレクトラ、オニキス、クオーツの三人はカーテンの後ろに身を隠し、そろって深海に棲《す》む貝のように息を殺した。

「エレクトラ王女殿下《でんか》はどこだ、王配アガメムノン！」

カーテン越《ご》しに人影《ひとかげ》がいくつも見えた。そのうちの一人が言ったようだ。

声音《こわね》からして恐らく宰相《さいしょう》だ。けれどいつもの淡々《たんたん》とした声ではなかった。怒《いか》りや悲しみのような感情が、いくつも重なり合って震《ふる》えている。

「ここにはいない」

父アガメムノンは言った。ざっ、と兵たちが一歩前へ出る足音が聞こえた。続いて、槍《やり》を構える音が響く。

「嘘《うそ》をつくな！」

「嘘ではない。昨日から、私の領地へ出かけさせている」

「ならば、遠慮《えんりょ》なく調べさせてもらう！」

「おい、待て……！」

父が叫んだ瞬間《しゅんかん》、クオーツが声を上げそうになったので、慌《あわ》ててオニキスが弟の口を手でふさいだ。エレクトラはというと、今にも心臓が破裂《はれつ》するのではないかと思うくらい、鼓動《こどう》がどくどくと鳴るのがわかった。息をすることさえ苦しい。

「やめろ、私の宮殿で勝手なことをするな！」

父が槍を構える音が聞こえた。

光の粒子《りゅうし》を槍に集めて、父が臨戦態勢に入っているのがわかった。が——

「勝手なことをしたのはあなたでしょう、王配殿下」

そのとき。冷たく、ひび割れた声が響いた。

冥府《コキュートス》を流れる川の水のように、容赦《ようしゃ》なく冷えた響きは、あらゆる雑音をかき消した。母であり、女王クリュストラの声だ。

「殿下、今までよくも隠しおおせたものですね」

かつり、かつりと、繊細《せんさい》ながらも力強い足音が響いた。少しずつ近づいてくるのがわかって、エレクトラはさらに呼吸をするのが難しくなった。

「昨夜、サビヌス侯爵《こうしゃく》が語りました。エレクトラについての全てを。あなたが私に隠していた秘密の全てを」

サビヌス侯爵、と聞いてとうとうオニキスの顔も強張《こわば》った。サビヌス侯爵は、オニキスとクオーツの父親だ。

——ああ、なんということだろう。二人の父までも巻き込んでしまった。

罪悪感で胸が張り裂《さ》けそうになり、エレクトラは目をつぶった。

『無能』のことについて知っていたのは、エレクトラ以外では五人だけだ。

エレクトラの父アガメムノン。乳母《うば》。オニキス。クオーツ。そして乳母の夫であり、オニキスたちの父であるサビヌス侯爵。

固く忠誠を誓《ちか》ってくれていた侯爵が、自ら口を割ったとはとうてい思えない。母や宰相が何かをしたのだ。そうしてきっと、無理やりに口を開かせたのだ。

冷静な母の語気がやや荒《あら》くなった。

「まさかわが娘《むすめ》が、第一王女ともあろう者が、『無能』などと——!」

ざっ、と兵たちがまた一歩進む音が聞こえた。

「皆《みな》の者！　王配アガメムノンを討《う》ち果たしなさい！」

――死の宣告が、発せられた。

息が止まった。頭の中が真っ白になり、ふらふらと倒《たお》れこみそうになった。

そんなエレクトラをオニキスが支えた。侯爵のことで彼女も動揺《どうよう》していただろうに、エレクトラを第一にして動いてくれた。

「クオーツ、窓を開けろ！」

小さい声でオニキスは弟に命じた。

カーテンの向こう側からは、アガメムノンや兵たちが術を放っている音が聞こえる。この雑音の中ならば逃《に》げられるかもしれない、とオニキスは判断したのだろう。

クオーツが震える手で窓を開けた。ガタン、と窓の開く音がしたが、周囲の雑音に紛《まぎ》れて誰《だれ》も気づかなかった。オニキスがエレクトラを抱《かか》え上げた。そのときになって、ようやくエレクトラの思考は動き始めた。

「ぐ、うっ……!!」

カーテンの向こう側で、苦しそうな声が聞こえる。

いつも優《やさ》しいお父様の声。大好きなお父様の声。でも今は――

「お父様……っ！」

「姫様、今はお逃げください！」

「でも、お父様が……!!」

エレクトラはカーテンの向こう側に手を伸《の》ばそうとした。しかしオニキスがそれを制止する。

「この機をのがせば、お父上の覚悟《かくご》が無駄《むだ》になります！」

「……っ！」

ぐずるエレクトラを、オニキスが強引《ごういん》に窓の向こうへと押しやった。

窓の外ではすでに、クオーツがエレクトラを受け止める準備をしている。

——ああ、いや、行きたくない……！

カーテンの向こう側では、光の矢が降り注いでいた。人影が不気味に揺れている。苦しみ、もがき、そして踊《おど》るように揺れて、ぐらりと倒れた。

エレクトラはまた手を伸ばそうとした。けれどやはりオニキスが制した。視界がどんどんぼやけて、何も見えなくなっていく。

窓の外へと脱出《だっしゅつ》し、冷たい空気に触《ふ》れてもなお、エレクトラは手を伸ばした。

やがて宮殿を抜《ぬ》け、城下を抜け、森を抜けて安全な場所へ出た。

『私もすぐにゆく』——父のその言葉を、お守りのように信じ続けた。

けれど。二度と父の温かい手が頬《ほお》を包んでくれることはなかった。父がエレクトラの名前を呼んでくれることは、もう二度となかったのだ。

§

――ようやく、腑《ふ》に落ちた。

自分の命はなに一つ顧《かえり》みないのに、一丁前に他人の心配だけはする。自分だけは助からないのに、他《ほか》の全員は助けようとする。たった一人で全《すべ》てを背負い、大きすぎる優しさで、残された者を傷つけてしまう。

自分よりも他人を優先して、その結果、命を落としてしまう。

そういうところが父とよく似ていて――すごく悲しい。

「……エル……」

黒くひび割れた手が、こちらへ伸びてくる。それを見る自分の視界が、ぼやけているのがわかった。知らない間に、目から熱いものがあふれているのに気づく。

「泣いているの？」

「……誰のせいだと思っているの」

「ごめんね」

サイリュスは優しく言って、そっと涙《なみだ》をふき取ってくれた。

けれどその後も、やはり涙はあふれてきた。

「君はもう知っているんだよね。オレが屋敷《やしき》を用意していることは。帰ればオレの命令を受けた者たちがそこまで君を連れていってくれるはずだ。大丈夫《だいじょうぶ》、君には幸せな未来が待ってる」

「………」

「いずれ、君が誰か別の男とくっつくかもしれないことは……すごく嫌《いや》だけど、仕方ないのかな」

「………」

「……でもやっぱり、嫌だな」

なにかを言いたかった。

けれど彼の苦痛をやわらげる言葉は、なに一つ出てこない。

奇跡《きせき》を起こす聖王は、人々に魔素《まそ》という幸福を与《あた》える。けれど彼自身に奇跡は訪《おとず》れない。

ただ他人の幸福のために消費され、自身は呪素《じゅそ》に蝕《むしば》まれ続ける。

みんなが毎日飲んでいる水だって、魔素を使った機械で汲《く》み上げられている。

毎日食べている食事だって、魔素を使った調理機で作られている。

きらびやかなドレスを縫《ぬ》うのも魔素の機械だし、きれいなアクセサリーを作るのも魔素の技術だ。甘いお菓子《かし》も、やわらかいベッドも、人々を幸福にするものは魔素を消費して作られている。

それらの魔素は全て呪素へと変化し、彼の身体《からだ》へ入っていく。

そうして、彼を、蝕んで——

考えれば考えるほど、涙はあふれて止まらなくなってしまった。

なんて、なんて……残酷《ざんこく》なシステムなのだろう。

世界の循環《じゅんかん》の中で、犠牲《ぎせい》となることを強《し》いられ続ける。必要不可欠な部品として、命を使い果たされる。彼自身が望んだわけでもないのに、ひたすらに搾取《さくしゅ》され続ける。

全ての繁栄《はんえい》が、彼一人の犠牲の上に成り立っている。

——それから……。

このときになって、エレクトラは今までの言動を悔《く》やんだ。

今まで自身について、自虐的《じぎゃく》に『人形』などと何度も言った。だが『人形』だったのは、むしろ自分ではなく彼の方だった。

彼の方こそ自由な生き方を許されない、世界にとっての『人形』だった。

それなのに、なんて無神経な発言をしてしまったのだろう。

「ねぇエル。最後に一つ、言ってくれないかな」

「なにを……？」

「愛してると言ってほしい。だめかな」

口をつぐみ、しばらく悩《なや》んだ。

言うことは簡単だ。だがそれは——嘘《うそ》になる。

今このとき、彼に心を寄せていることは本当だ。だがそれは恋愛《れんあい》感情とは違《ちが》うものであり、同情であり、そしてなにより……『かわいそう』を含《ふく》んでいる。

嘘は嫌《きら》いだ。父が嘘をつかなければならなかったのは、自分のせいだから。父の嘘を見抜けずに、死なせてしまった自分が嫌いだから。

エレクトラが答えられないでいると、サイリュスのほうから背を向けた。

「だめだったね。ごめん。——もし生まれ変わって、また君に出会えたら、そのときに改めて求婚《きゅうこん》するよ」

彼は炉《ろ》に手をかざした。

「せめて最後にかっこいいところ、見せておこうかな」

大量の光の粒子《りゅうし》を、少しずつ両手に集めていた。

「エル。下がっていて」

膨大《ぼうだい》な粒子はやがて棒状となり、鋭《するど》い刃《は》を持つ長大な槍《やり》となった。

槍は煌々《こうこう》と輝《かがや》いて宙を舞《ま》い、ガラスの球体へ向かっていった。分厚いガラスと光の槍がぶつかり、ガチンと鋭い音がする。

二つの力はしばらく拮抗《きっこう》した。

そして――ガラスにひびが入った。

パリ、と小さい音が聞こえたかと思うと、たちまち破壊《はかい》的な音が響《ひび》いた。

次に強烈《きょうれつ》な閃光《せんこう》。あまりのまぶしさにエレクトラは目をつぶった。

その後は怒涛《どとう》の音と光の連続だった。金属管がベキベキとへこみ、壊《こわ》れた機械の破片《はへん》が壁《かべ》にぶつかって、呪素の液体がぶちまけられる。ありとあらゆる音が、光が、めまぐるしく周囲を駆《か》け巡《めぐ》った。

轟音《ごうおん》は余韻《よいん》となり、遠くまで響き渡《わた》っていった。

しんと静まるまで、どれくらいの時間が経《た》ったかわからない。体感では、数分くらい経ったような気がする。

ようやく静寂《せいじゃく》が戻《もど》ってきたとき、エレクトラは目を開けた。

そして何度か瞬きを繰《く》り返した。

――中央炉は完全に破壊されていた。

代わりに辺り一面が真っ黒になっていた。

ガラスの球体が割れて、人工の夜空が解き放たれたのだろう。辺りは闇《やみ》となり、有害な呪素となり、幾重《いくえ》にも重なって、ぐるぐると渦《うず》を巻いていた。

黒い呪素の粒子はドームじゅうに充満《じゅうまん》している。その濃《こ》さは今までの比ではなく、あまりの濃さで周囲がほとんど見えない。

渦巻く黒い呪素は、ハリケーンのように一か所に収束していた。

収束するごとに呪素は濃くなり、粒子の一つ一つが黒々となって、まるでハエの群れのような様相を呈《てい》していた。

そして渦の収束する先に、サイリュスの影《かげ》があった。

影はぐらりぐらりと揺《ゆ》れた後——ぱたりと倒《たお》れた。

「サイリュス……！」

エレクトラは叫《さけ》んだ。

探《さぐ》るように両手で黒い粒子をかき分けた。しばらくは空振《からぶ》りをするばかりだったが、やがてなにかに手が当たった。

サイリュスのローブの端《はし》だろうか。

それをたぐり、顔を確認《かくにん》しようと引き寄せる。だが彼の顔は一向に見えない。

あまりにも濃い呪素が、黒々と何層にも渦を巻き、彼を取り巻いているのだ。死者の身体に大量の虫が群がるかのような光景に、ぞわりと寒気がした。

「サイリュス……！」

もう一度、呼んだ。

力を尽《つ》くした叫びは功を奏したのか、軽くサイリュスの腕《うで》が動いた。

その腕に触《ふ》れたとき、びくりとしてしまった。岩のように硬《かた》く、氷のように冷たい。ときおり棘《とげ》が引っかかって、エレクトラの指には擦《す》り傷ができた。

それでもどうにかたぐり寄せ、黒い粒子を必死になって追い払《はら》った。そして――

「……は、は――」

かすかな笑い声が聞こえた。

かつての軽快さはほとんどない。ガラガラにかすれているし、物音にかき消されてしまいそうなほど小さい。

それでも確かに彼の声だった。……まだ、意識はある。

エレクトラは笑い声の聞こえる方へ顔を寄せた。

「君が、名前を呼んでくれるの……初めてじゃないかな」

途切《とぎ》れ途切れでほとんど聞こえないのがもどかしく、エレクトラは無意識に剣《けん》を抜《ぬ》いていた。

目の前の空間を切り裂《さ》くと、そこだけ呪素の粒子が消えた。黒い粒子のカーテンがなくなり、見覚えのある顔がのぞいた。

ぴっちりと閉まった首元から顔にかけて、黒く石化していた。もはや顔の根本まで異形化してしまっている。

世界最高峰《さいこうほう》の地位。

世界最強の魔力。

どんなものでも買える資産。

今となっては、そんなものは全《すべ》て空虚《くうきょ》だ。

「ねえ……今のオレは――『かわいそう』かな」

聖王のローブは、ぼろぼろの布となっており、もはや威厳《いげん》は見られない。

運命神イェレンの象徴《しょうちょう》である天秤《てんびん》のピアスは、黒くすすけた状態で、かろうじて耳にぶら下がっている。

それでも、わずかに開いたサイリュスの瞳《ひとみ》の色は、どんなに美しい宝石よりも綺麗《きれい》なエメラルド色だ。

「いいえ、立派よ」

「……嘘だ」

「半分は……本当よ」

つまり、半分は嘘だ。この姿を見てかわいそうだと思わないでいるのは、どんな聖人にだって困難だ。

「ねえ――」

サイリュスは、黒くぼろぼろの手を伸《の》ばした。

震《ふる》えるその手を、エレクトラはそっと握《にぎ》った。

「嘘をつくなら……どうか言ってほしい」

「なに？」

「こう言ってほしいんだ……『愛してる』と」

エレクトラは下唇《したくちびる》を噛《か》んだ。

――それは……禁断の嘘だ。

偽《いつわ》りの愛を語るのは、どんな罪よりも重い。

そう思う一方で、別の気持ちが湧《わ》いているのがわかった。

死にゆくこの人に絶望して死んでほしくない……。

左手でぼろぼろの黒い手を握り、右手でサイリュスの顔をそっと包んだ。まだかろうじて温かさを保っている白い肌《はだ》が、少しだけ震えたのがわかる。

エレクトラは意を決し、ルビーの瞳に覚悟《かくご》の色を宿した。

そして、口を開いた。

「愛しているわ」

父と、ユリウスと、オニキスと、それ以外の多くの人々と、今までに交《か》わしたどんな言葉よりも――深い愛情とできる限りの優《やさ》しさをこめて言った。『かわいそう』なんていう感情は、微塵《みじん》も込めずに。

エレクトラの言葉を受けて、エメラルドの瞳がきらきらと輝いた。

その瞳には一点の曇《くも》りもなく、まぶしい光に満ちていた。

「ありがとう」

ぼろぼろの黒い手が、エレクトラの腰《こし》にある剣に触れた。

「もう、時間がない。オレを──殺《あい》して……」

その動きは遅《おそ》く、手は空中でふるふると震えていた。エレクトラはそっと優しくそれを押しやり、自分で剣を抜いた。

涙《なみだ》で視界がぼやけている。

思考もぐちゃぐちゃに絡《から》まっていて、冷静な判断ができない。

けれど、やるべきことはわかっている。もうやるしかないのだ。

エレクトラは、愛剣パンドラの柄《つか》を握りしめた。

サイリュスはうっとりと目を閉じた。憑《つ》き物の落ちたような、安らかな笑《え》みだった。

彼が最も幸せなその瞬間《しゅんかん》、はずみをつけるように剣を一瞬後ろへ動かした後、刃《やいば》を思いっきりサイリュスの胸に突《つ》き立てた。

「……さようなら──」

ずぶ、と刃の先が入った。

硬《かた》い感触《かんしょく》だった。

石を割るような手ごたえに、少し心がおののいた。

それでもエレクトラは刃を刺す手を止めなかった。

飛び散った血が、エレクトラの手を汚《よご》す。刃は少しずつ刺さっていく。

刃が深く刺さるにつれ、彼の顔は白くなっていった。

両目からこぼれ落ちる涙は止まらなかった。同情か、慈悲《じひ》か、後悔《こうかい》か、なんの感情かもわからないのに、心が震えて仕方がなかった。

やがて、サイリュスの腕がだらりと床《ゆか》に落ちた。

辺りは恐《おそ》ろしいほど静かになっていた。そこらじゅうに渦巻《うずま》いていた黒い呪素《じゅそ》は全て消え、その中で聖王サイリュスは、完全に動かなくなった。

敵だったはずの憎《にく》い男を、泣きながら引き寄せた。

せめてもの慈悲。世界のために犠牲《ぎせい》となった一人の人間への、尊敬と慈愛で、エレクトラはしばらく硬い身体《からだ》を抱きしめていた。

しばらくすると、胸のうちにぽっかりと穴が空いたような、空虚な気持ちになった。

——ああ、父以外に自分を好きだと言ってくれた唯一《ゆいいつ》の人は、この世からいなくなった。

——この瞬間から、私はまた一人なのだ。

泣き疲《つか》れた後、ふらふらと立ち上がった。

外へ出て、オニキスと合流して、帝都《ていと》へ戻《もど》ろう。

帝都でシャルロを捜《さが》して、彼に話して、サイリュスの身を引き渡《わた》すのだ。優しいあの弟なら、きっとたくさんの花を彼に手向《たむ》けてくれるだろう。

動かないサイリュスの腕を取って、どうにか肩《かた》にかついだ。

壊《こわ》れた炉《ろ》に背を向け、入ってきた大きな扉《とびら》を開く。

そして通路に出た瞬間、エレクトラは固まった。

通路をふさぐようにして誰《だれ》かが立っていたのだ。

一瞬オニキスかと思ったが、シルエットが違《ちが》う。エレクトラは目を凝《こ》らし、それが誰かわかった瞬間、思いきり眉根《まゆね》を寄せた。

ちぎれたマントにすすけた王冠《おうかん》。

この状況《じょうきょう》の中で、考えうる限り最悪の人物——ガラテア皇帝だ。

呪素の粒子《りゅうし》の隙間《すきま》から、やがて顔が見えてきた。

その顔は少しも悲しんではいなかった。むしろいささか腹が立っているかのようにも見える。足止めされたことに、そしてなにより自身の野望を阻《はば》まれたことに。

「……………どいて」

だがエレクトラの義憤《ぎふん》もまた、少しも劣《おと》らなかった。

こんなにも憤《いきどお》るのは初めてかもしれないと思うくらい怒《いか》りがこみ上げ、息は荒《あら》く、身体は熱くなった。

ルビーの瞳で鋭《するど》く睨《にら》みつけた。だが皇帝は動かない。

言葉を交わして片づく相手ではない。エレクトラはサイリュスの身体をそっと床に下ろし、すらりと剣を抜いた。

サイリュスにとっては、この男が父親だったことが一番の不幸だったのかもしれない。そもそも彼を聖王にしたのはこの皇帝だったのだから。

――彼が手を下せない代わりに、私がやる。

エレクトラという人物を一言で表すならば、それは『炎《ほのお》』だ。

悲しみに触《ふ》れれば弱まるが、怒りによって強く輝《かがや》く。窮地《きゅうち》に立てば立つほどその光はまばゆくなり、膂力《りょりょく》は増して、頭は冴《さ》えてゆく。

エレクトラは躊躇《ちゅうちょ》なく踏《ふ》み込んで、皇帝の脚《あし》めがけて剣《けん》を振《ふ》った。まずは動きを止めるためだ。

剣先は見事、右脚に当たった。よし、と手ごたえを感じるエレクトラだったが、一方で、別の最悪の事態が起こっていた。

攻撃《こうげき》はたまたま当たったのではなく、皇帝があえて受けていたのだ。その間に彼は光の縄《なわ》を作り出し、サイリュスの身体をしばり上げて、自分の方へと引き寄せていた。

「何を……！」

エレクトラは再び踏み込み、剣を振り上げた。

しかし皇帝もまた、ある行動を取っていた。エレクトラがそれに気づいたのは、彼が懐《ふところ》からなにかを取り出したときだった。

——武器？　いや、違う。

皇帝が持っているものがなにかわかったとき、エレクトラは言葉を失った。

黒い液体の入った、注射器だった。

「ふむ。やはり仮死か。文献《ぶんけん》は正しかったようだ」

仮死？　と思ったが、疑問を口にする余裕《よゆう》はなかった。

「なにをするつもり……!?」

「語る必要はない。ただ礼を言っておこう。第二の儀式《ぎしき》を省略することができたことにな」

……ぶすり。

理解できない光景を、エレクトラは呆然《ぼうぜん》と眺《なが》めた。

——これはなに。どういうこと。

サイリュスの石化した首に、皇帝が思いっきり注射器の針を突き刺している。

目の前のこの男はなにをしている？　なぜ死んだはずの自分の息子《むすこ》に、あんな不気味な注射器を打っている？

頭の中は混乱でいっぱいになったが、考える暇《ひま》はなく――

「ぐ、ぅ……ッ！」

サイリュスが、目を開いた。

ありえない出来事に頭の中が真っ白になった。

エメラルドの目が、白い肌が、ゴールデンブラウンの髪《かみ》が、一瞬にして黒に染まった。目も、鼻も、口も、全《すべ》てが黒に染まり、顔の造形だけがわずかに残った。頭の上にはくるくると光の環《わ》ができ、それは神の頭上に輝く光輪のようにも見えた。

邪悪《じゃあく》な神が誕生した――直観的にそう思った。

これはもう、完全に人間ではないなにかだ。

驚《おどろ》くと同時に、彼が最も望んでいない結末を迎《むか》えたことに、エレクトラの心の中には再び怒りの炎がともった。たくさんの疑問も今は関係ない。とにかくこの悪逆非道な皇帝を止めなければ。

憤りとともに、再び剣を振り上げた。が。

「うぅ……ッ！」

立ちはだかったのは――なんと、サイリュスだった。

黒いローブがカーテンのようにぶわりとはためき、苦しみ悶《もだ》えるような声を漏《も》らしながら、黒い指が機械仕掛《じか》けの人形のようにカチカチと動いた。

彼に自我があるようには見えない。……なのに、動いている？

はっと皇帝を見た。皇帝は黄金の指輪をはめた手を、まるで人形を操《あやつ》るように動かしていた。

確かゴルゴンたちも、ああだった。皇帝の指の動きと同じように動いた。つまりは、サイリュスも同じということか。

ならば、あれがある限り、彼はきっと自由になれない。

エレクトラは目標を指輪に定め、再び皇帝に向かおうとした。

だがすぐに視界が黒く塗《ぬ》りつぶされることとなった。サイリュスだった怪物《かいぶつ》が、魔素《まそ》を大量に集めていたのだ。

魔術で攻撃するつもりだろうか。

——いや、それでも問題ない。自分には無効の力があるのだ。

エレクトラは剣をしっかりと握《にぎ》り、どこから術が飛んできても薙《な》ぎ払《はら》おうと覚悟《かくご》した。

「っ⁉」

しかし、襲《おそ》ってきたのは衝撃《しょうげき》だった。

魔術ではない、物理的な攻撃だ。身体は地面に叩《たた》きつけられ、気づけば黒い顔がぬっと迫《せま》っていた。操られたサイリュスの身体がのしかかっている。

剣は衝撃で手から離《はな》れてしまった。急いでエレクトラは対抗《たいこう》しようとした。

その隙《すき》を与《あた》えず、皇帝は彼を、『人形』を操った。

カチカチッ──黒い指が不気味に動き、エレクトラの首を捉《とら》えた。ぐぐ、と力が込められ、強い力で締《し》め上げられて「かはっ」と小さな息がもれ出た。

なんとか両手を伸《の》ばす。サイリュスの黒くひび割れた手を力ずくで離そうとする。だが酸欠になった身体はのろのろとしか動かない。

──苦しい………目の前が、白くなる。

ぼんやりと、視界は明転した。

✦ 6 § prophetia: 物語は筋書の外へ歩き出す

遠くから、馬の蹄《ひづめ》の音が聞こえてくる。

エレクトラはぼんやりと目を覚ました。

白い天幕の中にいるようだ。天幕の入り口には、祖国ミトスを象徴《しょうちょう》する青色の紐《ひも》がかかっていた。夢だろうか、と思ったが、徐々《じょじょ》に音が現実味を帯びてきた。

金属ががちゃがちゃと鳴る音、軍靴《ぐんか》の足音、馬の蹄の音。戦場でよく聞いた音の数々が、天幕の外からしている。どういう状況だろうか。

エレクトラは記憶《きおく》をたどった。最後に覚えているのは――

思い出した瞬間《しゅんかん》、はっとして飛び起きた。

そうだ、サイリュスにとどめを刺《さ》して、皇帝が現れたのだ。

あの後、どうなったのだろうか。辺りを見回し、愛剣パンドラを見つけてすぐに手に取った。そのまま腰《こし》に差そうとしたが、そのとき自分が鎧《よろい》姿ではなく、軽装になっていることに気がついた。

誰《だれ》かに着替《きが》えさせられたようだ。――誰に？

　頭を巡《めぐ》らせていると、天幕がかすかに開いた。反射的に剣を抜《ぬ》いたが、顔が見えた瞬間、エレクトラはすぐに剣を鞘《さや》におさめた。

「姫様《ひめさま》……！　お気づきになったのですね！」

「オニキス……！」

　なじみ深い守護騎士《きし》の顔に、ほっと胸をなでおろした。

「ここは？　戦場のようだけれど」

「ええ、おっしゃる通り、ユリウス様率いるミトスの陣営《じんえい》です」

「ミトスの……？」

　安心した気持ちにはなれなかった。なにしろ母王の計画により、戦場で殺されそうになったのだから。複雑な気持ちはオニキスにも伝わり、彼女も渋《しぶ》い顔をした。

「あの後、どうやってここへたどり着いたのか教えてくれる？」

　オニキスは頭《こうべ》を垂れ、話し始めた。

　まず、中央炉《ろ》が無事に破壊《はかい》されたことがわかったオニキスは、漏れ出た呪素《じゅそ》が収束するのを待って、中央炉へ近づいた。

　皇帝《こうてい》がサイリュスを抱《かか》えて出てくるのを見て隠《かく》れ、しばらく様子を窺《うかが》った。呪素が収まり、誰もいなくなったのを確認《かくにん》してから中央炉の中へ入った。そこでエレクトラを見つけ、救助したとのことだった。

その後、どこへ行くかは迷ったが、馬でさまよっているうち、ミトス軍が反転攻勢《こうせい》に打って出たのを聞いた。率いるのがユリウスだと知ったため、接触《せっしょく》して彼に相談をしようと思ったらしい。そして今に至る、とのこと。

「ずいぶんと手間をかけさせてしまったわね」

「とんでもございません。御身《おんみ》がご無事でなによりでした」

「ユリウスとは、もう話せた？」

「わずかに。ですがあの件については……まだ」

あの件とは、母がエレクトラを殺そうとした計画のことだろう。

「わかったわ。それは私から話すから安心して」

冷静に言ったものの、心はざわついていた。あの件についてはもう、総大将であるユリウスの耳には入っているのではないだろうか。

「周囲の様子からして、まだ戦《いくさ》は始まっていないようね」

「ええ。ここはカロンの入り江《え》の手前、ガラテアとの国境間近です。この場所で陣を構え、ガラテア軍を待つとのことです」

「敵の大将は？」

「ガラテア皇帝レグルス。さらに聖王サイリュスをも伴《ともな》っているようです」

「……なんですって？」

耳を疑った。そして最後に見たサイリュスの姿を思い出した。

——ああ、そうだった。

エレクトラは彼を殺したはずだった。だが彼は死んでいなかった。そして皇帝に都合のいい化け物になってしまったのだ。

なぜ殺したはずのサイリュスが動いたのかはわからない。だが皇帝が刺した注射器のことはわかる。あの中には先代の聖王の血液から生成した、血清が入っていたのだろう。呪素に対する抗体《こうたい》の入った血清が。

つまりサイリュスは『完全なる聖王』になってしまったのだ。

——私が、きちんと殺してあげることができなかったから。

エレクトラは強く目をつぶった。今、彼はどうなっているのだろうか。

「姫様、使者が来ました。ユリウス様がお会いになりたいとのことです」

「……わかったわ」

複雑な気持ちになりながら、エレクトラは頷《うなず》いた。

それからすぐにユリウスは天幕に現れた。その頃《ころ》にはエレクトラの気持ちも少し冷静になっていた。

「エル……！　無事でよかった……！」

久々に見るユリウスは変わらなかった。短く刈《か》り込んださわやかな髪《かみ》も、雄々《おお》しく端整《たんせい》な顔立ちも、賢明《けんめい》なまなざしも。全《すべ》て記憶に残っているのと同じで美しい。

こうして見ると、身長はサイリュスとあまり変わらない。腕《うで》はユリウスの方がやや太いだろう。だが一番違《ちが》うのは匂《にお》いだろうか。ユリウスはハーブの匂いがするし、サイリュスよりも健康的……。

——いや、なにを考えている。彼と比べてどうする。

エレクトラは自分に大きくため息をつき、ぶんぶんと首を横に振《ふ》った。

「どうした、エル……？」

「いいえ、なんでも。それよりありがとう。私たちを保護してくれて」

「当たり前じゃないか。君が聖王にさらわれてからというもの、ずっと心配していたのだよ。もう二度と聖王には近づけさせないと誓《ちか》う。そして安全にミトスへ帰すと誓うよ」

「……ユリウス。そのことなのだけれど」

ユリウスの青い瞳《ひとみ》をまっすぐに見つめる。

「私は祖国へは帰れないわ。私を殺そうとした母のいる祖国へは」

ユリウスは苦い顔で口をつぐんだ。その仕草でわかった。やはり彼も知っていたのだ。

あの戦場で、母がエレクトラを見殺しにしようとしていたことを。

「だから私とオニキスは、この戦《いくさ》が終われば身を隠して暮らすつもりよ」

「それは構わないが、しかし……」

やがてユリウスは頭を抱えた。聖騎士団長を務めるユリウスは、誰よりも国に対する忠誠心がある。だが同時にエレクトラに対する理解もある。その二つがぶつかって混乱している様子が見て取れた。

「――このことは、改めてしっかりと話をしよう。とにかく戦の間はしばらく休んでいるといい。疲《つか》れを癒《いや》してくれ」

「いいえ、戦には参加するわ」

エレクトラはきっぱりと言った。

「なに？」

「今回はきっとガラテア皇帝が出てくるから。それに――今度こそ、聖王を葬《ほうむ》らなければならないから」

今、自分がここにいる理由。それはたった一つだ。

――彼をきちんと殺してあげなければならない。

殊勝《しゅしょう》だな、といった様子でユリウスは微笑《ほほえ》んだ。彼にはきっとエレクトラが、敵に立ち向かおうとしている勇敢《ゆうかん》な王女に見えるのだろう。

本当は違う。だがエレクトラは何も言わなかった。あの男との奇妙《きみょう》な縁《えん》について、第三者に説明するのはあまりにも難しすぎる。

「そうか。であれば配置に加えておこう。健闘《けんとう》を祈《いの》るぞ、エル」

エレクトラは頷き、ユリウスの後ろ姿を見送った。

§

かくして、最初の場所へと戻《もど》ってきた。

潮が引いたときにだけできる国境線、カロンの入り江。

天候は以前と同じ曇《くも》り空だった。暗雲が重く垂れこめ、辺りはどんよりとしている。

ユリウスに頼《たの》み、エレクトラは先頭に配置してもらった。遊撃手《ゆうげきしゅ》として、聖王の首を狙《ねら》うことに注力することになっている。

対岸にはガラテア軍。完全に潮が引くまであと少し。潮が引いた瞬間《しゅんかん》が、開戦の合図となるだろう。

エレクトラは敵軍を観察した。人数はこちらと同じくらい。だが人数で決まるのではないのがこの戦いだ。

なぜならガラテア軍には二つの切り札がある。一つ目がゴルゴン。中央炉破壊《ろはかい》によって新たな製造は難しくなったが、既存《きそん》のものは配置されているはず。

二つ目が聖王サイリュス。正直なところ、今の彼に術が使えるのかどうかはわからない。

だが皇帝《こうてい》が戦に連れてきた時点で、なんらかの使い道はあるのだろう。

エレクトラは気を引き締《し》め、時間が経《た》つのを待った。

潮位は少しずつ低くなっていき、やがて浅瀬《あさせ》となった。

総大将のユリウスが一番前に進み出て、奮起の声を上げた。

「此度《こたび》の戦は、ガラテア帝国の一方的な侵略《しんりゃく》に抗議《こうぎ》の意を示すためのものである！　なるべく多くの将を生かして捕《と》らえ、敵軍の兵力を削《けず》ることに尽力《じんりょく》せよ！」

鬨《とき》の声が上がった。

熱狂《ねっきょう》する兵たちに反して、エレクトラは冷静だった。なにしろ、やることはシンプルだ。

──サイリュスを殺す。人間でなくなった彼をこの手で必ず葬る。

潮が引き、まっすぐに道ができた。

その瞬間、ユリウスの合図とともに、兵はおのおの槍《やり》に魔力《まりょく》を込めて敵へ飛ばした。敵軍も一斉《いっせい》に術を放ち、魔術はぶつかり合い、打ち消し合い、花火のように輝《かがや》いては消えていった。

光が交差する中、エレクトラはガラテア軍めがけて進んだ。

馬を駆《か》り、目を凝《こ》らしてサイリュスの姿を捜《さが》した。そのとき。

グオオオオ──鼓膜《こまく》が張り裂《さ》けるような唸《うな》りが響《ひび》いた。

土と岩が噴《ふ》き出し、ガラガラと崩《くず》れ落ちたかと思うと、粉塵《ふんじん》の中から真っ黒なライオン頭の怪物《かいぶつ》が現れていた。ヤギの身体《からだ》に蛇《へび》の尻尾《しっぽ》。見覚えのある姿だが色はなく、模造品のように真っ黒だった。

大きいその獣《けもの》の上には天井《てんじょう》付きの玉座があって、そこに黒いローブの人影《ひとかげ》があった。

――自我を失った、サイリュスだ。

「……サイリュス」

影が落ちていて顔はよく見えない。だがエレクトラには確信があった。

彼自身が術を使っているなら、面白《おもしろ》みのない真っ黒な怪物など作らない。きっと使わされているのだ。哀《あわ》れなゴルゴンたちと同じように。

エレクトラは降ってくる瓦礫《がれき》をよけ、切り裂き、進み続けた。

そしてライオン頭の怪物の目の前まで来た。が。

「ハッ、懲《こ》りぬ奴《やつ》めが」

鋭《するど》く冷徹《れいてつ》な声が聞こえた。ガラテア皇帝レグルスだった。

エレクトラは剣《けん》を構え、出方を窺《うかが》った。皇帝は兵たちに指示を出し、次々と術を放たせる。しかしエレクトラはそれを全て切り刻み、虚空《こくう》へ帰した。

どれだけ術が降り注いでも、エレクトラには一向に当たらない。兵たちは不可解な表情になっていった。困惑《こんわく》が広がったころ、皇帝は別の手を打った。

「第一隊、出撃！」

低い唸り声とともに、素早《すばや》く影が迫《せま》ってきた。ゴルゴン部隊だ。

予想していたエレクトラは怯《ひる》まなかった。

「姫様《ひめさま》、ここはお任せを！」

オニキスが言った。ちらりと後ろを振り返ると、ユリウス率いる隊も追いついている。

エレクトラは頷《うなず》いた。

「では例の作戦を！」

「は！」

オニキスは返事をしたのち、光の粒子《りゅうし》を風に混ぜ合わせた。

気流が発生し、エレクトラを空高く押し上げた。エレクトラは勢いのままにライオン頭の一つに飛び乗り、一気に玉座へと駆け上がっていく。

皇帝が苛立《いらだ》った声を出したようだが、関係ない。

玉座までたどり着いたエレクトラは、黒い人影を正面からとらえた。

剣を人影へと振りかぶり、異様な姿にごくりと唾《つば》を呑《の》みこんだ。

黒いローブをまとった身体は人形のように少しも動かず、鼻筋や眼窩《がんか》などの陰影《いんえい》だけを残して、仮面のように黒く塗《ぬ》られている。

人の形をしているのに、精神がそこにはない。あのとき抱《いだ》いた悲しみがまた胸に押し寄せたが、それらを断《た》ち切るように剣を振《ふ》り下ろした。

――ガチッ。

刃《やいば》がはじき返される。石化した身体は硬《かた》く、簡単には剣先を受け入れない。

それでもエレクトラは打ち込み続けた。黒い顔は苦しむ様子ひとつ見せず、それが無性《むしょう》にむなしい。

だが決めたのだ。今度こそ必ず殺すのだと。

数奇《すうき》な因果から解放し、楽にしてあげるのだと。

「これ以上、苦しまないで」

――黒く異形化した彼は、何も言葉を返してはくれない。

「あんな皇帝の言いなりになど、ならないで」

――それでも強く決意を抱き、剣を掲《かか》げた。

「大丈夫《だいじょうぶ》、安心してくれていいわ。あなたの想《おも》いは受け止めたから。あなたの愛情はきちんと伝わっているから」

――思いっきり刃を振り下ろす。

「だから――私も愛を込めて、あなたを殺すわ」

刃は硬くはじき返された。

もう一度。

だめだ、通らない。

もう一度。

やっぱりだめだ。

次こそは――ひときわ強く、剣を押しあてた。

――ガチィィィッン!!

突如《とつじょ》、今までとは違《ちが》う破壊《はかい》的な音が響いた。はっと目を見張る。

「え……」

音と共に、予想外のことが起こった。

黒い石のような肌に、ひびが入っている。

エレクトラは目を見張った。じっと見つめ、現実かどうか確認《かくにん》した。

しばらく見つめたが、景色は変わらなかった。陶器《とうき》にひびが入ったときと同じように、黒く硬い肌に亀裂《きれつ》が入っている。

どくどくと鼓動《こどう》が高鳴るのがわかった。

しばらく見つめた後、エレクトラは無意識に手を伸《の》ばしていた。

ひびを、そっと指で触《ふ》れた。ぱき、と黒いものが落ちた。

はがれ落ちた場所には――白い肌《はだ》があった。

失われたはずの、やわらかい部分。

鼓動はさらに大きくなり、息をするのが苦しくなってきた。けれど嫌《いや》な感じではなかった。

もう一度、優《やさ》しく触れた。ぱき、と黒い欠片が落ちる。

手を軽く動かし、もう一欠片。さらにもう一欠片。

少しずつ白い肌がのぞき、やがて頬《ほお》が現れた。鼻筋があらわになり、わずかに呼吸している口元が見えてきた。

……まさか、そんな。

……嘘《うそ》でしょう。

はやる気持ちで手が震《ふる》えた。

なぜだろう、目頭《めがしら》が熱くなる。

やがて、とうとう、エメラルドの瞳《ひとみ》が二つ輝いた。

「エル……？」

ぼんやりと、寝《ね》ぼけたような声だった。

彼は少し空を見上げた。ちょうど雲の切れ間から、太陽が顔を出していた。

「……おはよう」

エレクトラはぼんやりとその顔を見つめた。もう二度と見られないはずだった白い顔が、なぜか目の前にある。

——こんなのは……予想していない。

――予想していないから……どう反応したらいいかわからない。

感情が追いつくよりも、身体に変化が訪《おとず》れるのが先だった。身体の奥底が震え、熱いものがこみ上げてきた。何もわからないのに、なんだかすごく身体が熱い。

「何言っているの……」

ぼやけた視界の向こう側で、サイリュスはやわらかく微笑《ほほえ》んでいた。

「……今は昼よ」

エレクトラはようやく、そんな言葉を返すことができた。目じりが下がった瞬間《しゅんかん》に、ぽろりと涙《なみだ》がこぼれる。

「ああ、そうなのか」

サイリュスは軽く頷き、彼もまた目じりを下げた。

明るい日の下、互《たが》いに微笑み合った。温かく、不思議な心地《ここち》がする。――まるで、胸のうちの空白が埋《う》まるかのような。

「ねえ……オレは、生まれ変わったのかな？」

「え？」

「ああいや。生まれ変わってまた会えたら、君に求婚《きゅうこん》するって宣言したから」

エレクトラは苦笑《くしょう》した。

今まで味わったことのない感情がこみ上げた。父以外で唯一《ゆいいつ》、自分を好きだと言ってくれた人。その人がまたこうして自分を見ている。なんて、温かい心地なのだろう。

「残念、あなたはただ目が覚めただけよ」

「目が覚めた？　本当に？」

サイリュスはぼんやりと辺りを見回した。

「じゃあ、君が持ってるそれって——」

サイリュスは、エレクトラが握《にぎ》っている剣《けん》に気づいた。柄《つか》を持っている手が、反射的に震えた。

「もしかして……オレを、殺してくれるために？」

期待するような、窺《うかが》うような瞳。碧色《みどりいろ》に輝《かがや》くその瞳を見ながら、エレクトラは心がざわめくのを感じていた。

覚悟《かくご》は決めてきた。実際にそうしようと思っていた。

だが想定外のことが起きてしまった。

「そのつもり、だったわ。けれど——」

震える声で、率直《そっちょく》な気持ちを告げた。

「殺す理由がなくなってしまったわ」

そっと手を伸ばす。

サイリュスの耳元についている黒いものをぽろり、とはがした。

彼はそれを見て、目を丸くした。どうやら自分の状況《じょうきょう》に、今まで気づいていなかったようだ。自分でも確かめるようにサイリュスは耳を触《さわ》り、鼻を触り、ぱらり、ぱらり、と黒い欠片を落とした。

「オレが……怪物《かいぶつ》じゃなくなったから？」

恐《おそ》る恐る、サイリュスは言った。エレクトラは頷《うなず》いた。

「そう」

くくっ、とサイリュスは低く笑った。

その瞬間、雲が裂《さ》け、陽光が降り注いだ。

晴天だというのに雷鳴《らいめい》がとどろき、空には七色の虹《にじ》がかかった。虹は一つではなく、二つ、三つ、四つとどんどん増えていった。しまいには空だけではなく、大気まできらめいて、戦場は全《すべ》て七色に彩《いろど》られた。

そして――

「ははは っ！」

天高く、明るい笑い声が戦場に響《ひび》き渡《わた》った。

みながはっとして彼を見上げた。ミトス軍を率いるユリウスは突然《とつぜん》の登場に驚《おどろ》き、ガラテア軍を率いる皇帝《こうてい》は信じられない光景に目を見張っていた。

そしてエレクトラはというと、無意識に頬をゆるめていた。

聞きなじみのある、高らかな笑い声。

彼が――帰ってきた。

それからサイリュスは、なんとなく辺りを見回した。

ライオン頭の怪物の上に乗って、ぐらぐらと揺《ゆ》れながら、光の粒子《りゅうし》が交差する戦場を進んでいる――そんな奇怪《きかい》な光景に気づいた彼は「ははっ」と笑いを漏《も》らした。

「これは、大変なことになっているみたいだね」

「ええ、とても」

まだ心は震えている。だが、いつまでも感傷にひたっていられるような状況ではない。

頷きながら、エレクトラは気を引き締《し》めた。

「サイリュス、協力してほしいことがあるわ」

地上にいる皇帝を、皇帝のつけている黄金の指輪を指さした。

「あの指輪を取らないといけない。でなければまた同じことになってしまう」

どういう仕組みかはわからないが、皇帝はあの指輪でサイリュスを操《あやつ》ることができるらしい。あれを奪《うば》わなければ問題は解決しない。

「奇遇《きぐう》だ、オレも同じことを考えてた。やっぱりオレたちって相性《あいしょう》がいいのかもしれないな」

「あなたは、しゃべれないくらいがちょうどいいのかもしれないわね」

「そのペンダント、つけてくれてるのに？」

「デザインが気に入っているのよ」

「ふうん？」

サイリュスはなおもにこにこしている。面倒《めんどう》になったので無視をすることにした。こうやって無視するのも久々だ、などとおかしな気分になった。

サイリュスは空にかかる虹の数を増やしていった。虹は収縮し、はじけ、光線となって兵たちを襲《おそ》っていた。兵たちは逃《に》げまどい、戦場は混沌《こんとん》と化している。

「さあ、摑《つか》まって！」

サイリュスはエレクトラの腕《うで》を取って宙へ飛んだ。ふわりと身体《からだ》が舞《ま》い上がると、戦場がよく見えるようになった。

皇帝の姿と、それを取り巻く守備が大勢いる。

「大勢の近衛《このえ》兵に守られているわね」

「バリアが三重？　四重？　ははっ、まるでパイ生地《きじ》だ」

「そう言われると、簡単に壊《こわ》せそうな気がしてしまうけれど」

「ああ、当然さ。ひびを入れて、突《つ》き破ってしまおう！」

サイリュスは光の粒子で一本の大きな槍《やり》を作った。やがて槍は三叉《さんさ》に分かれ、さながらパイを突き刺《さ》すフォークのようになって、大地ごと思い切りバリアを貫《つらぬ》いた。

「よし、今なら」

エレクトラはぐっと地上に目を凝《こ》らした。

よく目立つ金の鎧《よろい》に赤いマント。以前と同じで、皇帝だけはサイリュスの術の影響《えいきょう》を受けず、わずかに残った地面の上にしっかりと立っていた。指輪の力だ。

「あなたがまた操られては面倒だわ。私が行くから、援護《えんご》をお願い」

「すまないね。謝罪といってはなんだが、君に似合う翼《つばさ》をあげよう」

サイリュスは光の粒子をエレクトラの身体にまとわせた。背中にふわりと白い羽がはためいた。その美しさに少しだけ息を呑《の》む。

「さあ、行っておいで！」

サイリュスの言葉に頷《ぬ》き、深呼吸をしたのち、サイリュスから手を離《はな》して飛び降りた。

落下しながら剣を抜いて、皇帝の頭へと振《ふ》り下ろす。

「また貴様か……！」

「こちらのセリフよ！」

皇帝は光の粒子を集めて空中に盾《たて》を作った。ファランクスのように重厚《じゅうこう》な盾だが、魔術《まじゅつ》で作ったものなら簡単だ。壊してやればいい。

エレクトラは剣を振り、盾を豪快《ごうかい》に切り裂いた。

皇帝は目を丸くする。

「っ……貴様、なぜ術が効かん！」

「教える必要はないわね」

再び皇帝は盾を作った。今度は三枚、四枚と増えていくが結果は変わらない。全《すべ》て切り裂き、走り、皇帝の間近へと迫《せま》った。

そうして、左脚《ひだりあし》めがけて剣を振り下ろす。

以前、右脚に負わせた傷はふさがっていないはず。効果はあるはずだ。

エレクトラの予想通り、皇帝はそのままふらついた。その隙《すき》をのがさずエレクトラは突進《とっしん》し、真っ先に指輪へと手を伸《の》ばした。

皇帝は身をよじったが間に合わず、エレクトラの手が指輪に触《ふ》れた。その瞬間《しゅんかん》。

「増援！　こちらへ！」

皇帝は叫《さけ》んだ。その直後、獰猛《どうもう》な唸《うな》り声が迫ってきた。振り返ると、数十体のゴルゴンたちがこちらへ走ってきていた。

――まずい。エレクトラは息を呑んだ。

「エル！」

そのとき、サイリュスの声が聞こえた。

「大丈夫《だいじょうぶ》だ！　そのまま、まっすぐ走るんだ！」

「え……？」

何を言っているの、と返そうとしたが、サイリュスの顔は真剣だった。

「前をよく見て！　彼らは使えるはずだ！」

使える、という言葉を頭の中で反芻《はんすう》しながら、再び皇帝を見た。

――そうか。彼の言いたいことを理解し、エレクトラは小さく笑った。

「来なさい！」

獰猛な爪《つめ》が迫ってきたが、エレクトラは軽々とかわした。次に牙《きば》が襲い掛《か》かったが、これも剣《けん》で弾《はじ》き返した。

ゴルゴンが襲いくるたびにそんな応酬《おうしゅう》を繰《く》り返し、彼らの攻撃《こうげき》を自分にひきつけた。その状態のまま、エレクトラは傷で動けない皇帝めがけて突っ込んだ。

――確かに、これは使える。

ゴルゴンの鋭《するど》い爪はエレクトラを捕《と》らえようとした。が、エレクトラは避《よ》けた。全速力で走るゴルゴンたちがすぐに止まれるはずもなく、そのまま皇帝めがけて突っ込んだ。

「な――」

ゴルゴンたちの爪と牙が皇帝を襲った。皇帝は痛みにうめき声を漏らした。

「ぐっ……！」

――よし。エレクトラは安堵《あんど》の息を漏らした。うまくいったようだ。

サイリュス同様、操ったゴルゴンの攻撃は効かないかもしれない。だがエレクトラを攻撃したゴルゴンが誤って突っ込めば、条件は変わる。

結果として、うまくいった。皇帝は倒《たお》れたまま痛みに顔をゆがめ、恐《おそ》らくは無意識のうちにゴルゴンたちを散開させていた。

近衛兵もゴルゴンもいなくなり、邪魔《じゃま》はなくなった。

その隙をのがさず、エレクトラは手を伸ばした。

皇帝の右手から、黄金の指輪を奪い取る。ずっしりと、手のひらに重い感覚が伝わった。

太陽の光を凝縮《ぎょうしゅく》したかのようにまぶしい、濃《こ》い金色。運命神イェレンの象徴《しょうちょう》である天秤《てんびん》がかたどられており、見るからに威厳《いげん》があり、そして高価そうだ。

だが……こんなもので、命を操るだなんて。

エレクトラは指輪を地面に置いた。

そして――ぐさりと、思いっきり剣を刺した。魔素を多分に含《ふく》んでいたらしい指輪は、無効の力によって粉々に、木っ端微塵《ぱみじん》になった。

「ありがとう、エル」

頭上でサイリュスの声が聞こえた。彼はふわりと地に足をつけ、自らの手に魔素をまとわせた。

「指輪がなくなれば、オレも自由だ」

手にまとった魔素は、どんどん大きくなっていく。やがてそれは無数の光の刃《やいば》となった。

光の刃は空中で的を絞《しぼ》り、皇帝めがけて一斉《いっせい》に解き放たれた。

ヒュン、ヒュン――光の刃は、かまいたちのように皇帝を襲った。全身を切り刻まれるような攻撃に、皇帝はさらなるうめき声を漏《も》らす。

「が、はっ……！」

エレクトラは好機を無駄《むだ》にはしなかった。光の刃に紛《まぎ》れて走り寄り、そのまま剣を振った。間違《まちが》いなく、手ごたえがあった。

次の瞬間、皇帝はばたりと倒れた。意識を失ったのか、うめき声も途切《とぎ》れている。エレクトラはサイリュスの方を振り返った。笑《え》みをこぼすと、彼も微笑《ほほえ》んだ。

「あなたの援護、悪くはなかったわ」

「癖《くせ》になりそうかい？」

「いいえ」

あっさりと返し、改めて皇帝の様子を確かめることにした。呼吸はあるが、完全に気を失っている。脅威《きょうい》は去ったようだ。エレクトラは安堵のため息をついた。

「よし、目を覚ます気配はなさそうだね。……本当にありがとう、エル。危険なことをさせてすまなかった」

「皇帝陛下にはこれくらいしてあげたかったから、大丈夫よ」

サイリュスは「確かにね」と笑った。

「さて──今さらなんだが、これがどういう状況《じょうきょう》か聞いてもいいかな。なにがどうなって戦《いくさ》なんかしているんだい？」

「ミトス側の反転攻勢《こうせい》、一方的な侵略《しんりゃく》に抗議《こうぎ》の意を示すための戦よ。これ以上攻《せ》められては困るからと、ガラテア側の将を捕らえて兵力の減少を狙《ねら》っているの」

「ふむ、なるほど」

サイリュスは軽く頷《うなず》いた。世間話のような軽さを、ふと疑問に思った。

「それにしてもあなた……もう平気そうなのね。さっきまであんな状態だったのに」

「今はなにも痛くないし、気分はすごくいいからね。君の美しい涙《なみだ》を見られたおかげで」

気恥ずかしさを隠すように顔をしかめると、サイリュスは楽しそうに笑った。

「それから、色々と疑問があるわ。私は確かにあなたを殺したはずなのに、なぜあなたは生きていて、しかも異形でもなくなったのかしら」

「そうだね、それは──」

首をさすりながら、考えるようにサイリュスは言った。

なにか思うところがありそうだったが、その声は遮《さえぎ》られた。

皇帝陛下！　と叫ぶ声が聞こえてきたのだ。

最初に声を上げたのは近衛《このえ》兵たちだった。

それに気づいた他《ほか》の兵士たちも続々と声を上げ、徐々《じょじょ》にガラテア軍が崩《くず》れてきている。

その場は混沌とし始めていた。

「おっと、まずいな。なんとかしないと」

サイリュスは急いで彼らの方へ歩いて行った。彼の顔を見たことで、その場の混乱は少し落ち着いた。

「皆《みな》の者、落ち着きたまえ」

神殿《しんでん》で祈《いの》りを捧《ささ》げているときと同じ、聖王としての顔だ。

「皇帝陛下は不運にも傷を負われた。これ以降は私が代わって指示を出そう」

一瞬《いっしゅん》のうちにサイリュスは姿を変えた。だがもう驚《おどろ》きはない。

彼の抱《かか》えている苦悩《くのう》、葛藤《かっとう》、弱さを知ったからだ。彼はあまりに抱えるものが多すぎて、場面に応じて姿を変えざるを得なかっただけなのだ。

「聖王猊下《げいか》!?」

「あれ、お姿が……？」

サイリュスの姿を見て、驚いた者がいた。黒い玉座の上にいたとはいえ、さすがに気づいていた者はいたようだ。

「皆には心配をかけた。だがもう何も問題はない。安心して持ち場へ戻《もど》ってくれ。順番に指示を出そう」

兵たちは安堵した様子で、ほっと息をついた。民《たみ》に慕《した》われているのと同じく、どうやら兵たちからも慕われているらしい。エレクトラは無意識のうちに笑みを浮《う》かべた。

「あとは、と」

サイリュスは最前線を見た。なおも術が行き交《か》っており、そこにはミトス軍総大将ユリウスの姿もある。

「ミトス側の主張は、一方的な侵略に抗議の意を示すことと、兵力の減少だったね」

「ええ」

「本格的につぶし合いたいわけじゃないなら、やり方はありそうだな」

「どうするつもり？」

戦場をぐるりと見回し、サイリュスは肩《かた》をすくめた。

「停戦を申し込むよ。我が国の皇帝陛下はお話しになれないようだから」

「ええ、私のせいでね」

サイリュスは「ははっ」と軽く笑った。

「彼らの出陣《しゅつじん》費用をこちらが持つなりなんなりして、向こうには納得《なっとく》してもらおう。それで、誰《だれ》と話せばいいんだろう」

「総大将は聖騎士《きし》団長ユリウスよ。彼と交渉《こうしょう》するのがいいわ」

突然《とつぜん》、サイリュスがとてつもなく嫌《いや》そうな顔をした。

「……ユリウス？」

「なによ」

「今度こそ、オレの方が美しいと言わせたいな」

ああ、と呆《あき》れのため息をつく。そういえば彼と比較《ひかく》して『ユリウスの方が美しい』と評したこともあった。

「根に持っているのね……」

「まあその勝負は後にしておこう。それで、彼だったね？　あのムッツリそうな」

「ムッツリかどうかは置いておいて、とにかくあの人で間違いないわ」

エレクトラは、白馬にまたがり、銀の鎧《よろい》をつけて青いマントをなびかせている爽《さわ》やかな青年を指さした。するとユリウスの方から気づき、なぜか彼は、ものすごい勢いでこちらへと迫《せま》ってきた。

どうしたのかと思っていると――

「エル！　大丈夫《だいじょうぶ》か⁉」

エレクトラを心配した様子で、彼は叫《さけ》んだ。

それを見て、エレクトラも今さら気づいた。

――そうだった、私はガラテア軍ではなく、ミトス軍として参戦したのだった。サイリュスを今度こそこの手で殺すために。

だがサイリュスが自我を取り戻したことがわかり、殺さない選択《せんたく》をした。

今は……どうするのが最善なのだろう。

「――帰さないよ」

「え？」

迷いを読み取られたかのように言われ、引き寄せられて、びくりとした。

「だって君はまだオレを殺してない。そうだろう？」

なんと返せばいいか考えている間に、サイリュスはユリウスの方へと向かっていた。

「聖騎士団長ユリウス殿《どの》だな。率直《そっちょく》に言おう。停戦を申し込みたい」

「聖王猊下……」

サイリュスとエレクトラの様子を見て、ユリウスはなんともいえない渋《しぶ》い顔をしていた。

だがやがて覚悟《かくご》を決めたように、膝《ひざ》をついて高位の者に対する礼をした。

敵であっても、聖王は主要六国の中で最上位。敬意を払《はら》うことが必要となる。

「なにゆえに、停戦をお申し出になられるのですか」

「我が国の皇帝《こうてい》が傷を負って倒《たお》れた。至急、帝都へ戻らねばならない」

「ふむ……」

ユリウスはガラテア軍に目を走らせた。彼が見ているのは、軍医が慌《あわ》てて皇帝を診《み》ている様子だった。

「真実のようですな。だが総大将としての権限は猊下に移ったようだ。ならば交戦を続けること自体に問題はないのでは？」

「ああ。そのうえで、権限を得た私が判断した。これ以上の戦いは必要ないと」

エレクトラは不思議な気持ちで二人のやり取りを見守っていた。

互《たが》いの国の代表として、真剣《しんけん》な顔で対峙《たいじ》する二人。よく知っているはずの二人なのに、こんな姿を見るのは初めてだ。

「しかしながら、我《われ》らミトス軍は女王陛下より、敵軍の兵力減少の命を受けております。何の成果もなしに退くことはできませぬ」

サイリュスは少し考えたのち、前向きな声色《こわいろ》で言った。

「事情は察する。そのため、此度《こたび》の出陣に関する貴国の費用を全《すべ》てこちらで持つというのはどうだろうか」

これにはユリウスが驚いた。

「本気でありますか？　費用を持つということは――」

「ガラテアが負けたと見られるだろうな」

「よろしいのですか？」

「ああ、仕方がない。ただ、一つだけ頼《たの》みがある。このことは内密にしてほしい。女王陛下や宰相《さいしょう》閣下以外の者には、皇帝の負傷による撤退《てったい》としてくれ」

「では、その負傷を我がミトス軍の成果としても問題ない、と？」

「構わない。実際のところ、皇帝陛下に傷を与《あた》えたのはミトス王女エレクトラ姫《ひめ》だしな」

ユリウスがぱっとこちらを見た。いきなり名前を出されて、エレクトラもどきりとした。

「エル、君が？」

「ええ。間違《まちが》いないわ」

「そうか……ならば女王陛下にもそう報告しましょう」

ユリウスはやわらかく微笑《ほほえ》んだ。そのまま自然な仕草でこちらに手を出した。

「よくやったな。さすが誇《ほこ》り高き我が従妹《いとこ》だ」

そして、労《ねぎら》いのように強く手を握《にぎ》られた。頼もしい幼馴染《おさななじみ》に褒《ほ》められたのは少し嬉《うれ》しく、エレクトラも笑《え》みを浮かべた。が――

「ああ、これは申し訳ない」

突如《とつじょ》、ユリウスの手がぱしりと払われた。払ったのはサイリュスだった。

「手が当たってしまったようだ。すまないな、聖騎士団長殿」

にこりとサイリュスが笑うと、空気が一変した。事務的なものから、個人的な感情の入り混じった、ピリついた雰囲気《ふんいき》へと。

「なんのおつもりです、聖王猊下」

「欲しいものは、きちんと口にしないと手に入らないというのを、最近学んだ」

「は……？」

サイリュスはエレクトラの肩を摑《つか》み、ぐいっと自分のほうへ引き寄せた。エレクトラの手はユリウスから離《はな》れてしまった。

「……聖王猊下」

ユリウスがややむっとした表情になる。

「話は先ほどの通りだ。のちに改めて使者を遣《つか》わし、費用を持っていかせよう。さて、聖王としての仕事はここで終わりだ。ここからはただのサイリュスだと思ってくれ」

サイリュスは柔和《にゅうわ》に言ったが、声にはやけに迫力《はくりょく》があった。

「ユリウス殿。残念だが、君の従妹は祖国へは帰らない。引き続き、私がガラテアの客人としてもてなす。ミトスの女王陛下にもそう報告しておいてくれ。女王陛下のことだ、お困りにはならないだろう？」

女王のことを出され、ユリウスは口をつぐんだ。彼もたぶん葛藤《かっとう》しているのだ。あの母のいる場所に、エレクトラを帰していいものかどうかと。

「――ユリウス」

ここはエレクトラ自身が決断しなければならない。彼女は心を決め、かつて愛《いと》おしく思っていた幼馴染の名を呼んだ。

「ミトスへは帰れないわ。母のいるあの場所へは帰れない。助けてくれたのに、ごめんなさい」

「エル……」

エレクトラとユリウスの視線が絡《から》まった。

「女王陛下には私が説得をする。いや、その前にまず、君をどこかに避難《ひなん》させるべきだな。それから宰相に話を通して――」

ユリウスは、彼なりに考えたことを話してくれた。

だが彼の方法では多分、あのときと同じになる。父を失ったときと。

「いいえ、やっぱりだめだわ、ユリウス。あなたの身が危《あや》うくなるだけだもの」

彼が助けてくれたのは嬉しかったし、彼とは色々話したいこともあった。けれどもう同じ道は歩めない。時が来たのだ。幼いころの思い出に別れを告げる時が。

「だが……！」

「あまり話すと別れが惜《お》しくなるわ。――元気でね」

切ない空気が漂《ただよ》い、エレクトラは目を伏《ふ》せた。

空気を一変させたのは、やはりサイリュスだった。

「行こう、エル」

彼は明るい声で言い、笑顔でエレクトラの手を引いた。

過去を振《ふ》り切るように、エレクトラはその手を取って踵《きびす》を返した。

「風が気持ちいいね。景色もいい。今日は人生で一番いい日だ」

爽やかな風が頰《ほお》をなでた。空は青く、高く、どこまでも澄《す》んでいた。

✦ § epilogus: はたして、物語の結末は

「部屋は片付けさせておいたよ。ほとんど以前のままにしてある。足りないものがあったらいつでも言ってほしいな。ああ、模様替《が》えなんかも楽しいかもしれないね」

一面バラ色の大理石で囲われた、広い室内。複雑な模様のじゅうたんが敷《し》かれた床《ゆか》。部屋じゅうにはたくさん飾《かざ》られた花瓶《かびん》。それら全てに挿《さ》された色とりどりの花々。ぐるぐる渦巻《うずま》いた脚《あし》のついたテーブルと、同じようなデザインの椅子《いす》、寝心地《ねごこち》のよさそうな絹張りのカウチ。

金樺宮でエレクトラが半月を過ごした部屋は、以前とほとんど変わっていなかった。

エレクトラは荷物を下ろし、楽な姿勢になった。

そして、すらりと剣《けん》を抜《ぬ》く。

剣先を目の前の男に――聖王サイリュスにつきつけた。

「それで、どうしましょうか」

「今日の夕飯の話かい?」

「いいえ。あなたの命の話よ」

「うーん」

まさに今日の夕飯のメニューを考えるかのように、サイリュスは軽く唸《うな》った。

「君がこの国に残ったのは、オレを殺すためかい？」

「ええ。半分は。あとの半分はご存じの通り、祖国には帰れないからよ」

「ええと、じゃあつまり、本気で言っているんだね？」

「そうよ」

その場の空気が、少しだけ真剣さを帯びたものになる。

エレクトラとサイリュスは、戦《いくさ》を終えてガラテア帝国《ていこく》の宮殿《きゅうでん》へ戻《もど》ってきた。

戦を始めた張本人であるガラテア皇帝は、まだ負傷で意識を失ったままだ。そのためガラテア帝国の指揮権は今、第一皇子であるサイリュスにある。

軍も撤退《てったい》し、ほとんどは帝都へと帰還《きかん》した。

今はサイリュスの遣わした使者が、ユリウスとの停戦交渉《こうしょう》を行っていることだろう。

そうして、二人はようやく個人的な事情について話す時間を得るに至ったのだが——

エレクトラは改めてサイリュスの姿を見た。

新しいローブに着替えた彼は、以前と同じく聖王らしい威厳《いげん》のある姿だ。

だがエレクトラはよく知っている。その中身はかろうじて人の姿を保っているだけの、壊《こわ》れかけた身体《からだ》なのだと。

ここから先、彼が生きるとしたらそれは確実に修羅《しゅら》の道だ。

それを……呑気《のんき》に見ていていいのだろうか。もしかしたら、生きることの方が彼にとっては辛《つら》いのではないだろうか。

「でも戦場では言っていたじゃないか。オレを殺す理由がなくなってしまったと」

「あのときは動揺《どうよう》していて、冷静な判断はできなかったわ」

「ふむ、なるほど」

「それで、あなたはどうなの？　あなたの今の気持ちは」

金樺宮に帰ってくるまでの道中はお互《たが》いにへとへとで、話し合う余裕《よゆう》はなかった。だから彼が今、改めて何を思っているかわからない。聞いておきたい。

「オレはずっと同じだよ、エル」

ふいにサイリュスがこちらに手を伸《の》ばした。払《はら》おうかと思ったが、剣を握《にぎ》っていたのでうまくいかなかった。

剣を握るエレクトラの手を、サイリュスの手が包む。

ローブの袖《そで》から出た手は白いが——腕《うで》は、黒い。

「オレはやっぱり、君が好きだよ」

まっすぐに言われたので、少し動揺した。

「そういう気持ちのことを聞いているのではないわ……」

エレクトラは咳払《せきばら》いした。

「きちんと、まじめに、質問に答えて」

「まあまあ。他《ほか》にも話したいことがあるし、少しくらい脱線《だっせん》してもいいだろう。まずオレたちには共通の疑問があったよね？　どうしてオレは異形の姿からこうして人間に戻ることができたのかって」

「え？　ええ……」

確かにそれは話しておきたい議題ではあったので、エレクトラは頷《うなず》いた。

「あれはやっぱり、君の『無効』の力のおかげだと思う。イレギュラーではあったが、オレは確かに二回の接種を受けて、完全なる抗体《こうたい》を手に入れた。そうなったら普通《ふつう》は元の姿には戻れない。でもそこへ君の剣が刺《さ》さった。その結果、オレの身体に対して『無効』の力が発動し、異形化が解かれたんだ」

「けれど私は二回、あなたを刺しているわ。一回目にその現象が起きなかったのはなぜかしら」

「それについては、わかったことがある。不完全な聖王が致命的《ちめいてき》な傷を負った場合、どうやら『仮死』の状態となるらしい」

「仮死……？」

「実は君に剣を突《つ》き立てられた後——すなわち『殺してもらった』後も、オレにはわずかに周囲の景色が見えていたんだ。最初は生死の狭間《はざま》で見る幻影《げんえい》かと思ったが、その現象は終わらなかった。そして君が再び剣を刺して、異形化を解いてくれたとき、幻影と目の前の景色が重なった。幻影だと思っていたものは、現実だったんだ」

「では……あなたは『仮死』の状態で、意識もあったということ？」

「ああ」

そういえば皇帝も注射器を打ったとき、『仮死』という言葉を口にしていた記憶《きおく》がある。あのときはなんのことかわからなかったが……。

「結論から言うと、不完全な聖王は死ねないらしい。どんな致命傷を負ってもね。まあ心臓は停止するし、呼吸もできないから、ほぼ死んでいるのと変わらない状態にはなるけれど」

「それは……なんのために、そうなるのかしら？」

「未熟な器《うつわ》が壊れたら困るからだと、オレは推測している。不完全な聖王が死ねば、完全なる聖王は生まれない。そういった事故を防ぐため、防護機能のようなものが備わっていると考えられる」

確かに、聖王のシステムを考えると、彼の話は非常に筋が通っている。

不完全な聖王はまだ自我を持っていて、自由に動くことができる。ゆえに普通に暮らしている中で、死に瀕《ひん》する事態があることも考えられる。

そうなってしまったら、聖王を継《つ》ぐ者がこの世からいなくなるだろう。もちろん世界は滅《ほろ》ぶ。

そうならないため、事前に設計されていたというわけだ。このシステムが持続的に、永続的に回り続けるために。

「本当に驚くべき力だよ。普通はオレを攻撃した時点で『反射』を受ける。オレに対して使った魔術《まじゅつ》が、術者本人に跳《は》ね返るんだ。だから殺すなんておろか、多少傷つけることも不可能。当人が先に倒《たお》れることになる」

「やはり、そうなのね」

サイリュスに術を放った者たちが、勝手に倒れていくのを何度か見た。あの現象はこの『反射』によるものだったわけだ。

「皇帝だけが例外だったのは？」

「君もたぶん気づいていると思うけど、あの指輪のせいだよ。あれはいろいろと事情のあるブツでね……あれもまあ例外だ。とはいえ指輪では殺すのはもちろん、仮死にもできない。やはり君の力は特別だ」

「だからお父様はきっと、私の力をペンダントに封《ふう》じたのね。この力はある意味、どんな術者をも上回ってしまうから」

父はたぶん知っていて、そのうえで、エレクトラを守るためにペンダントを授《さず》けてくれたのだ。

「まだ、いろいろと考えることがありそうね」

サイリュスも頷いた。

「それで、話を戻すわ。今のあなたは――」

エレクトラは再び剣《けん》を構えた。

「殺されたいの、殺されたくないの？　完全なる聖王であれば、殺せるのでしょう？」

鋭《するど》い剣先を見て、サイリュスはにっこりと微笑《ほほえ》んだ。

「殺されたいと思っていたけれど……そうだね。君が愛してくれるなら、もう少し生きてみてもいいかなと思ってる」

ルビーの瞳《ひとみ》と、エメラルドの瞳がぶつかり合った。

「オレは君が好きだよ。君の気持ちも聞かせて」

『好き』という言葉が、頭の中をめぐった。

壁《かべ》を彩《いろど》るバラ色の大理石は、まあまあ気に入っている。

最近花を育てている庭園は、祖国の花園《はなぞの》よりも広い。

りんごパイは、ミトスで食べたどんなお菓子《かし》よりもおいしい。

祖国の質素な自室より、華《はな》やかで、時間がゆっくり過ぎているような気がする。

エレクトラにとってここは、祖国よりも居心地《いごこち》がいい。それに……。

ゆっくりと目をつぶった。

――欲しいものは、いつだって手に入らない。

――だから、初めから望まない。

――けれど、もし欲しいものが向こうから近づいてきたのだとしたら。

――特別な感情を、誰《だれ》かからもらえることがあるのなら。

――失ってしまうのは、惜《お》しい気がする。

祖国の冷たい宮殿《きゆうでん》より、この温かく甘い空間を、もう少しだけ享受《きようじゆ》してみたいと思う。

『好き』という言葉を、もう少しだけ聞いてみたいと思う。

だから――

「ええ、いいわ」

エレクトラは言った。

頭の中ではいろいろな感情が渦巻《うずま》いていて、結論はすぐ出せそうにない。それに、この思いを素直《すなお》に告げるのはなんだか悔《くや》しい。

だから今は一つのものにしよう。

彼と出会うきっかけとなった、たった一つに。

「あなたが私を愛するというのなら、私もあなたを――殺《あい》してあげるわ」

ルビーの瞳が炎《ほのお》のように輝《かがや》いた。

『好き』という言葉を真に理解できるかどうか、試《ため》してみることにしよう。

あとがき

私事ではございますが、二〇一五年の一月のデビューから今年でちょうど十年となりました。

本作はギリシア、ローマを設定の基礎《きそ》にしているため、名前が「ス」で終わるキャラばかりになりました（笑）。エレクトラやアガメムノンも、ギリシア悲劇『エレクトラ』から取っております。新作を立ち上げるときはいつも心してかかるのですが、今回は設定作りから気合いを入れ、いつも以上に魂《たましい》を削《けず》って書かせていただきました。もしよかったと思われましたら、SNS等で感想を呟《つぶや》いてくださるととても嬉《うれ》しいです。

鈴ノ助《すずのすけ》様、スケジュール面でご迷惑《めいわく》をおかけした中、こんなにも美麗《びれい》なイラストを描《えが》いていただき、本当にありがとうございました。

皆様《みなさま》にまたお会いできることを願っております。それではまた。

一石月下《いちいしげっか》

BEANS BUNKO

「聖王猊下は無能王女に殺されたい」の感想をお寄せください。
おたよりのあて先
〒102-8177　東京都千代田区富士見2-13-3
株式会社KADOKAWA　角川ビーンズ文庫編集部気付
「一石月下」先生・「鈴ノ助」先生
また、編集部へのご意見ご希望は、同じ住所で「ビーンズ文庫編集部」
までお寄せください。

聖王《せいおう》猊下《げいか》は無能《むのう》王女《おうじょ》に殺《ころ》されたい

一石《いちいし》月下《げっか》

角川ビーンズ文庫　24524

令和7年2月1日　初版発行

発行者――――山下直久
発　行――――株式会社KADOKAWA
〒102-8177　東京都千代田区富士見2-13-3
電話 0570-002-301（ナビダイヤル）
印刷所――――株式会社暁印刷
製本所――――本間製本株式会社
装幀者――――micro fish

ISBN978-4-04-115875-3 C0193 定価はカバーに表示してあります。
◇◇◇